HEYNE BÜCHER

SCIENCE FICTION

Herausgegeben
von Dr. Herbert W. Franke
und Wolfgang Jeschke

Vom gleichen Autor erschienen außerdem
als Heyne-Taschenbücher

Die Duplikate · Band 3294
Jetzt ist die Ewigkeit · Band 3300
Camp Concentration · Band 3405

THOMAS M. DISCH

DIE FEUERTEUFEL

Science Fiction-Roman

Deutsche Erstveröffentlichung

WILHELM HEYNE VERLAG
MÜNCHEN

HEYNE-BUCH Nr. 3457
im Wilhelm Heyne Verlag, München

Titel der amerikanischen Originalausgabe
THE GENOCIDES
Deutsche Übersetzung von Walter Brumm

Redaktion: E. Senftbauer

Printed in Germany 1975
Umschlagzeichnung: Dieter Ziegenfeuter, München
Umschlaggestaltung: Atelier Heinrichs, München
Gesamtherstellung: Zettler, Schwabmünchen

ISBN 3-453-30333-4

Vorbei der Sommer, und der Herbst vorüber, und uns wird keine Hilfe.
Jeremias 8, 20

1

Als schließlich auch die helleren Sterne im zunehmenden Licht verblaßten, bewahrte die hoch aufragende Masse des Waldes, der das Maisfeld umgab, noch für eine Weile die tiefe Dunkelheit der Nacht. Eine leichte Brise kam vom See herüber und raschelte in den jungen Maisblättern, doch das Laub des dunklen Waldes regte sich nicht. Bald verfärbte der Wald sich graugrün, und ein Leuchten auf den Wipfeln sagte den drei im Feld wartenden Männern, daß die Sonne aufgegangen war.

Anderson spuckte aus – die Tagesarbeit hatte offiziell begonnen. Er stapfte die sanfte Steigung zum östlichen Waldrand hinauf. Vier Reihen entfernt auf beiden Seiten folgten seine Söhne – Neil, der jüngere und größere, auf der rechten, und Buddy auf der linken.

Jeder trug zwei leere Holzeimer. Sie gingen barfuß und hatten keine Hemden an, denn es war Mittsommer. Ihre Arbeitshosen aus blauem und grauem Köper waren zerschlissen und in Fetzen. Anderson und Buddy trugen breitkrempige, aus rohen Pflanzenfasern geflochtene Hüte, ähnlich den chinesischen Kulihüten, die man zur Karnevalszeit zu kaufen pflegte. Neil hatte eine Sonnenbrille auf der Nase, aber keinen Hut. Die Brille war alt; die Brücke war gebrochen und mit Klebstoff und einem Streifen der gleichen Pflanzenfaser geflickt, aus der die Hüte gemacht waren. Seine Nase hatte zwei schwielige Stellen, wo die Brille ruhte.

Buddy erreichte die Anhöhe als letzter. Sein Vater lächelte, während er auf ihn wartete. Andersons Lächeln war niemals ein gutes Zeichen.

»Bist noch von gestern lahm, was?«

»Nicht der Rede wert. Das gibt sich bei der Arbeit von selbst.«

Neil lachte. »Buddy ist sauer, weil er arbeiten muß. Hab' ich recht, Buddy?«

Es sollte ein Scherz sein. Aber Anderson, dessen Stil es war, lakonisch zu sein, lachte niemals über Scherze, und Buddy fand die Witze, die sein Halbbruder machte, selten lustig.

»Wir alle müssen arbeiten«, sagte Anderson, und das beendete die Unterhaltung.

Sie machten sich an die Arbeit.

Buddy zog einen Stöpsel aus seinem Baum und steckte ein Metallrohr in die gebohrte Öffnung. Unter diesen behelfsmäßigen Zapfhahn hängte er einen der Eimer. Das Herausziehen der Stöpsel war eine harte Arbeit, denn sie waren seit einer Woche an Ort und Stelle und steckten fest. Der eingetrocknete Saft um den Stöpsel wirkte wie Klebstoff.

Bevor die Plackerei des Eimertragens begann, hatte Buddy ein wenig Zeit. Er sah zu, wie der Saft durch das Rohr rann und Fäden ziehend wie grüner Honig in den Eimer tröpfelte. Heute schien er spärlicher zu sickern. Gegen Ende des Sommers würde dieser Baum absterben und zum Fällen bereit sein.

Aus der Nähe sah diese Pflanze eigentlich nicht wie ein Baum aus. Der Stamm war glatt wie der Stengel einer Blume. Ein richtiger Baum von dieser Größe würde einen Stamm mit dicker, rauher Borke haben. Tiefer im Wald konnte man große Bäume finden, die die Grenze ihres Wachstums erreicht und begonnen hatten, etwas wie eine Borke zu bilden. Jedenfalls waren ihre Stämme, wenn auch grün, nicht glatt und feucht wie dieser hier. Diese Bäume — oder die Pflanze, wie Anderson sie nannte — wurden zweihundert Meter hoch, und ihre größten Blätter erreichten die Größe von Tischplatten. Hier am Rand des Maisfelds war der Bewuchs jünger — kaum älter als zwei Jahre —, und die höchsten Pflanzen waren nur fünfzig Meter hoch. Doch auch hier war das Laubdach so dicht, daß selbst die Mittagssonne blaß wie Mondlicht in einer wolkigen Nacht zum Waldboden durchsickerte.

»Vorwärts!« rief Anderson. Er war mit seinen Saft gefüllten Eimern bereits draußen im Feld, und auch Buddys Eimer waren mit Pflanzensaft vollgelaufen. Warum hatte man nie Zeit zum Nachdenken? Buddy beneidete Neil um seine Fähigkeit, stur wie ein Maulesel einfach seine Arbeit zu tun, das Laufrad seines Käfigs in Gang zu halten, ohne sich viel Gedanken zu machen, wie es funktionierte.

»Sofort!« schrie Neil aus einiger Entfernung.

»Sofort!« wiederholte Buddy, dankbar, daß auch sein Halbbruder Gedanken nachgehangen hatte, welcher Art sie auch sein mochten.

Von den drei Männern, die im Feld arbeiteten, war Neil sicherlich der kräftigste. Abgesehen von dem fliehenden Kinn, das einen falschen Eindruck von Schwäche vermittelte, war er stark und gut proportioniert und gute fünfzehn Zentimeter größer als sein Vater oder Buddy, beides kleinwüchsige Männer. Seine Schultern und seine Brust waren breiter, doch seinen Bewegungen fehlte jegliche Ökonomie. Wenn er ging, wankte er schwerfällig. Wenn er stand, war seine Haltung schlotterig, mit hängenden Schultern und krummem Rücken. Er ertrug die Anstrengungen der täglichen Knochenarbeit besser als Buddy, einfach weil er mehr Substanz und größere Kraftreserven hatte. In seiner Arbeit war er ungeschlacht und beharrlich wie ein Ochse, aber darüber hinaus war er dumm, und was noch schlimmer war, er war tückisch.

Er ist hinterhältig, dachte Buddy, und er ist gefährlich. Buddy wanderte die Reihe der Maispflanzen entlang, einen vollen Eimer Pflanzensaft in jeder Hand, und mit einem Herzen, das bis zum Rand mit Böswilligkeit gefüllt war. Es gab ihm eine Art von Kraft, und er brauchte alle Kraft, die er aufbringen konnte, woher sie auch kommen mochte. Sein Frühstück war leicht gewesen, und das Mittagessen würde — das wußte er schon jetzt — nicht ausreichend sein, und es würde kein Abendessen geben, das den Namen verdient hätte.

Doch der Hunger, hatte er gelernt, erzeugte seine eigene Art von Stärke: Den Willen, dem Boden mehr Nahrung und den Pflanzen mehr Boden abzuringen.

Gleichgültig, wie vorsichtig er war, der Pflanzensaft bespritzte seine Hosenbeine, als er ging, und das zerfetzte Gewebe klebte an seinen Beinen. Später, wenn die Tageshitze zunahm, würde sein ganzer Körper mit dem klebrigen Zeug bedeckt sein. Der Saft pflegte nach einiger Zeit zu trocknen, und wenn man sich dann bewegte, riß der steif gewordene Stoff die verkrusteten Haare aus der Haut. Das Schlimmste davon war jetzt vorüber, wofür er dem Himmel dankte — der Körper hat nur eine begrenzte Zahl von Haaren —, aber genauso schlimm waren die Fliegen, die ihn umschwärmten und auf ihm herumkrabbelten, um von dem Saft zu naschen. Er haßte die Fliegen, deren Zahl nicht begrenzt zu sein schien.

Als er den Fuß des Hangs erreichte, setzte Buddy einen Eimer ab und begann mit dem anderen die durstigen jungen Maispflanzen zu gießen. Jede Pflanze erhielt ungefähr einen halben Liter der zähflüssigen grünen Nährlösung. Diese Art der Düngung hatte erstaunliche Wirkung. Viele Pflanzen reichten schon über seine Knie, obwohl in diesem Jahr spät ausgesät worden war. Mais wäre auf diesem ehemaligen Seeboden mit seiner torfigen Erde in jedem Fall gut gewachsen, aber dank der zusätzlichen Düngung mit dem Pflanzensaft gedieh er phänomenal – als ob sie mitten in Iowa wären, statt im nördlichen Minnesota. Doch das Verfahren diente noch einem weiteren Zweck, denn während der Mais gedieh, starben die Pflanzen, deren Saft der Mais getrunken hatte, und jedes Jahr konnten die Grenzen des Maisfelds ein wenig weiter in den Wald vorgeschoben werden.

Es war Andersons Idee gewesen, die Pflanze in dieser Art und Weise gegen sich selbst einzusetzen, und jede Maispflanze im Feld war ein Zeugnis für seinen Verstand. Wenn er die langen Reihen überblickte, fühlte der alte Mann sich wie ein Prophet angesichts seiner eingetretenen Prophezeiung. Er bedauerte nur, daß er die Idee nicht früher gehabt hatte – vor der Diaspora dieses Dorfs, bevor die Pflanzen seine und die Farmen seiner Nachbarn überwältigt hatten.

Aber das war Geschichte, vergangen und vorbei, gehörte zu den Winterabenden im Gemeinschaftsraum, wo man Zeit für müßige Nostalgie und Erinnerungen hatte. Jetzt und für den Rest dieses langen Tages gab es Arbeit zu tun.

Anderson hielt nach seinen Söhnen Ausschau. Sie waren zurückgeblieben, leerten noch immer ihre zweiten Eimer über den Wurzeln der Maispflanzen.

»Los, bewegt euch!« schrie er. Dann wandte er sich mit seinen zwei leeren Eimern wieder hügelaufwärts, lächelte ein dünnes, freudloses Lächeln, das Lächeln eines Propheten, und spuckte durch die Lücke zwischen den Vorderzähnen einen dünnen Strahl von dem Saft der Pflanze, die er gekaut hatte.

Er haßte die Pflanzen, und dieser Haß gab ihm Kraft.

Bis Mittag arbeiteten sie schwitzend in der Sonne. Buddys Beine zitterten von der Anstrengung und vom Hunger. Aber mit jedem Eimer wurde der Weg die Reihen der Maispflanzen hinunter kürzer, und wenn er zu den angezapften Pflanzen zurückkehrte, dauerte es eine Weile, bis die Eimer ganz vollgelaufen waren, und während dieser Pausen konnte er ausruhen.

Manchmal, obwohl er den etwas anisähnlichen Geschmack nicht mochte, steckte er den Finger in den Eimer und leckte den bittersüßen Sirup ab. Der Saft war als menschliche Nahrung nicht geeignet, aber er war auch nicht gesundheitsschädlich, und für eine Weile konnte er den schlimmsten Hunger vertreiben. Buddy hätte das Mark aus dem Innern von jungen Schößlingen kauen können, wie sein Vater und Neil es taten, aber es erinnerte ihn zu sehr an das Leben, dem er zehn Jahre zuvor hatte entkommen wollen, als er die Farm verlassen hatte und in die Stadt gegangen war. Seine Flucht war ein Fehlschlag gewesen, ebenso wie die Städte selbst versagt hatten. Zuletzt wäre er, ganz wie in dem Gleichnis vom verlorenen Sohn, mit den Maishülsen und Kartoffelschalen zufrieden gewesen, die die Schweine fraßen, und er war reumütig nach Tassel und zur Farm seines Vaters zurückgekehrt.

Dem biblischen Vorbild getreu, war das gemästete Kalb geschlachtet worden, und wenn seine Rückkehr eine Parabel gewesen wäre, sie würde glücklich geendet haben. Aber es war sein Leben, und er war in seinem Herzen noch immer ein verlorener Sohn, und es gab Zeiten, wo er wünschte, er wäre während der Hungersnot in den Städten gestorben.

Aber im Wettstreit zwischen dem physischen Hunger und dem Hunger des Geistes bleibt stets der Bauch der Gewinner. Die Rebellion des verlorenen Sohns war bald reduziert worden auf ein paar Schlagworte und städtische Manieriertheiten der Redeweise, auf eine Geringschätzung von Volksmusik und Abscheu für den Bauerntölpel, den dummen und rohen Menschen. Mit einem Wort: für Neil.

Die Hitze und die Müdigkeit seines Körpers wirkten zusammen, um seine Gedanken in weniger unruhige Bahnen zu lenken, und als er so dastand und in die langsam vollaufenden Eimer blickte, erschienen vor seinem inneren Auge Bilder aus anderen Zeiten, von Babylon, der großen Stadt.

Er erinnerte sich, wie die Straßen bei Nacht noch rasch fließende Ströme von Licht gewesen waren, und wie glänzende Wagen in diesen Strömen dahingeglitten waren. Stunde um Stunde, ohne daß das Geräusch nachließ oder die Lichter weniger wurden. Es hatte Drive-in-Restaurants gegeben, wo Mädchen in Miniröcken an den Wagen kamen und bedienten. Manchmal waren die Miniröcke oder Shorts mit kleinen Spitzensäumen oder Fransen besetzt gewesen, die auf gebräunten Schenkeln tanzten.

Im Sommer, wenn die Landleute auf ihren Feldern schwitzten, war er zum Strand hinausgefahren. Seine trockene Zunge fuhr über die Lippen, als er sich erinnerte, wie er in dem Labyrinth leerer Ölfässer, die das Badefloß trugen, Irene geküßt hatte. War es Irene gewesen? Namen waren jetzt nicht mehr wichtig.

Er trug die vollen Eimer wieder ins Feld hinaus, und während er die Maispflanzen düngte, erinnerte er sich an andere Namen, die jetzt nicht mehr wichtig waren. Die Stadt hatte von Mädchen nur so gewimmelt. Man konnte sich an eine Straßenecke stellen, und in einer Stunde kamen Hunderte vorbei. Damals hatte man sogar über ein Bevölkerungsproblem geredet.

Hunderttausende von Menschen!

Er erinnerte sich an das winterliche Gedränge im geheizten Auditorium der Universität. Er hatte immer ein weißes Hemd getragen, wenn er hingegangen war. Der Kragen hatte seinen Hals beengt. In Gedanken befingerte er den Knoten einer imaginären Krawatte. Er dachte an die Läden voll von Anzügen und Jacketts, Hemden und Krawatten. Oh, die Farben, die es gegeben hatte! Ja, und die Musik!

Aber das Schlimmste ist, dachte er, als er wieder bei den Pflanzen stand und die Eimer vollaufen ließ, daß es niemanden mehr gibt, mit dem man reden kann. Die Gesamtbevölkerung von Tassel betrug zweihundertsiebenundvierzig Personen, und keine von ihnen, nicht eine von ihnen konnte Buddy Anderson verstehen. Eine Welt war verlorengegangen, und sie waren sich dessen nicht einmal bewußt. Es war niemals ihre Welt gewesen, aber es war für kurze Zeit Buddys Welt gewesen, und sie war schön gewesen.

Die Eimer waren voll, und Buddy ergriff sie bei den Henkeln und ging wieder ins Feld. Zum hundertsten Mal an diesem Tag stieg er über den krebsartigen, knotigen Auswuchs, der sich am Stumpf der Pflanze gebildet hatte, die im letzten Jahr diese Reihen gedüngt hatte. Diesmal trat sein nackter Fuß auf ein Stück von dem glatten Wurzelholz, auf das etwas Pflanzensaft verschüttet worden war. Belastet von den Eimern, konnte er sein Gleichgewicht nicht halten. Er stürzte, und der Pflanzensaft in den Eimern ergoß sich über ihn. Er lag im Dreck, und der Saft floß ihm über die Brust und an den Armen herab, und die Fliegenwolke ließ sich auf ihm nieder, angelockt von soviel Nahrung.

Er machte keinen Versuch, aufzustehen.

»Nun lieg nicht einfach da!« brüllte Anderson. »Es gibt Arbeit zu tun!« Er streckte die Hand aus, um Buddy aufzuhelfen; die Geste war freundlicher als seine Worte.

Als er seinem Vater dankte, war ein kaum wahrnehmbares Zittern in seiner Stimme, aber der Alte hatte es bemerkt.

»Fehlt dir was?«

»Nein, ich glaube nicht.« Er befühlte sein Steißbein, das gegen einen Wurzelknollen des Baumstumpfs gestoßen war, und zuckte zusammen.

»Dann geh runter zum Bach und wasch diesen Rotz ab. Es ist sowieso Zeit zum Essen.«

Buddy nickte. Er nahm die Eimer und ging den Pfad zum Bach hinunter, von dem das Dorf sein Wasser bezog. Früher einmal war es der Gooseberry River gewesen. Noch vor sieben Jahren war diese ganze Gegend – Felder, Wald und Dorf – drei bis fünf Meter tief unter Wasser gestanden. Aber die Pflanzen hatten das Wasser weggesaugt. Sie waren immer noch dabei, und mit jedem Tag schob sich das Nordufer des Oberen Sees einige Zentimeter weiter nach Süden vor, obwohl die Geschwindigkeit seines Vordringens sich in dem Maße zu verlangsamen schien, wie die Pflanzen die Grenze ihres Wachstums erreichten.

Er zog seine Hose aus und legte sich flach ins Wasser. Es strömte lauwarm über seine bloßen Glieder und wusch Pflanzensaft und Erde und Schweiß und die toten Fliegen ab, die an ihm wie an einem lebenden Fliegenfänger haften geblieben waren. Er hielt den Atem an und senkte den Kopf langsam in die Strömung, bis er völlig untergetaucht war.

Mit dem Wasser in den Ohren konnte er leise Geräusche deutlicher hören: seinen Rücken, der auf den Bachkieseln scharrte, und, etwas mehr in der Ferne, ein anderes Geräusch, ein tiefes Grollen, das schnell zu einem galoppierenden Stampfen wurde. Er kannte das Geräusch und wußte, daß er es jetzt und hier nicht hören sollte.

Er hob den Kopf aus dem Wasser und sah die Kuh direkt auf sich zustürmen. Auch sie sah ihn, und gerade noch zur rechten Zeit. Gracie sprang, und ihre Hinterhufe gruben sich wenige Zentimeter neben seinem linken Oberschenkel in den Kies. Das Wasser spritzte, und mit dem nächsten Satz war sie am anderen Ufer und galoppierte weiter in den Wald hinein.

Weitere Kühe folgten. Buddy zählte sie, als sie durch den Bach platschten: acht ... elf ... zwölf. Sieben Herefords und fünf Guernseys. Die ganze Herde!

Das sehnsüchtige Brüllen eines Stiers war zu hören, und Studs kam in Sicht – der große braune Herefordbulle des Dorfs, mit seinem blendendweißen Stirnfleck. Er rollte die Augen, und einen Moment lang starrte er Buddy trotzig an, aber es gab dringendere Geschäfte als die Begleichung alter Rechnungen. Er eilte weiter, den Kühen nach.

Es war eine Katastrophe, daß Studs aus seinem Gehege ausgebrochen war, denn die Kühe waren alle seit geraumer Zeit trächtig, und es würde ihnen nicht gut tun, von einem übereifrigen Bullen bestiegen zu werden. Eine Katastrophe vor allem für Neil, der für Studs verantwortlich war. Das konnte eine Auspeitschung bedeuten. Dies war eine Vorstellung, die Buddy nicht gerade traurig stimmte, aber er machte sich gleichwohl Sorgen um das Vieh. Er stieg aus dem Wasser und in seine zerrissene Hose, die nun halbwegs sauber, aber vom Pflanzensaft noch immer klebrig war.

Bevor er den Gürtel schließen konnte, kam Jimmy Lee, der jüngere von Buddys beiden Halbbrüdern, auf der Fährte des Bullen aus dem Wald gerannt. Die Aufregung der Jagd hatte sein Gesicht gerötet, und noch als er die Schreckensnachricht verkündete: »Studs ist ausgebrochen!« zupfte ein Lächeln an seinen Mundwinkeln.

Alle Kinder – und Jimmy war keine Ausnahme – fühlen eine dämonische Sympathie für all die Dinge, die in der Welt der Erwachsenen Unordnung und Aufregung verursachen. Jungens genießen nun mal Erdbeben, Tornados und ausgebrochene Bullen.

Buddy wußte, daß es nicht klug wäre, ihrem Vater dieses Lächeln zu zeigen, denn in Anderson hatte sich die geheime Sympathie für die Mächte der Zerstörung mit der Zeit in eine grimmige, humorlose Gegnerschaft zu eben diesen Kräften gewandelt, einer großartigen Hartnäckigkeit, die in ihrer Art so unbarmherzig war wie der Feind, dem sie sich entgegenstellte. Nichts konnte diese Unbarmherzigkeit sicherer hervorlocken als der Anblick dieser hektischen Röte in den Wangen seines jüngsten und – wie allgemein angenommen wurde – liebsten Sohnes.

»Ich werde es Vater sagen«, sagte Buddy. »Lauf du hinter Studs her. Wo sind die anderen alle?«

»Clay holt alle Männer zusammen, die er finden kann, und Lady und Blossom und die Frauen gehen raus, um die Kühe vom Maisfeld fernzuhalten, wenn sie in die Richtung kommen.« Jimmy rief die Information über die Schulter, als er im Trab der breiten Fährte folgte, die von der Herde durch den Wald gestampft worden war.

Er war ein guter Junge, Jimmy Lee, wach und helle. In der alten

Welt würde er – das stand für Buddy fest – ein weiterer verlorener Sohn geworden sein. Es waren immer die Intelligenten, die rebellierten. Nun würde er von Glück sagen können, wenn er überlebte. Und das galt für sie alle.

Als die Vormittagsarbeit getan war, blickte Anderson über sein Feld und sah, daß es gut war. Zur Erntezeit würden die Maiskolben nicht groß und saftig sein, wie sie es in den alten Zeiten gewesen waren. Sie hatten die Säcke mit Hybridensaatgut in den aufgegebenen Lagerräumen des alten Tassel vermodern lassen. Hybriden ergaben die beste Ausbeute, aber sie waren steril. Die Landwirtschaft konnte sich solche Extravaganzen nicht länger leisten. Die Sorte, die er jetzt verwendete, stand in ihrer Abstammung dem alten Indiancorn, dem aztekischen Zea mays, viel näher. Seine ganze Strategie gegen die usurpierenden Pflanzen beruhte auf dem Mais. Mais war zum Lebensspender für ihn und seine Leute geworden: Er war das Brot, das sie aßen, und das Fleisch. Im Sommer konnten Studs und seine zwölf Kühe sich von dem faserigen Grünfutter ernähren, das die Kinder von den Stämmen junger Pflanzen kratzten, oder sie konnten zwischen den ganz jungen Schößlingen am Seeufer weiden, aber wenn der Winter kam, ernährte der Mais das Vieh, wie er die Menschen im Dorf ernährte.

Aber der Mais ernährte nicht nur Mensch und Tier, er konnte auch für sich selbst sorgen. Er brauchte keinen Pflug, der den Boden umbrach, nur einen scharfen Stock, mit dem man Löcher in den Boden stoßen konnte, und Hände, die vier Samenkörner und den kleinen Klumpen Mist hineintun, der die erste Nahrung der Triebe sein würde. Nichts lieferte einen so hohen Hektarertrag wie Mais; nur wenige andere Feldfrüchte hatten ähnlich hohen Nährwert. Jetzt war Land sehr gesucht. Die Pflanzen übten einen ständigen Druck auf die Maisfelder aus. Jeden Tag mußten die kleineren Kinder hinausgehen und zwischen den Reihen der Maispflanzen nach den hellgrünen Schößlingen suchen, die innerhalb einer Woche zur Größe junger Bäume heranwachsen konnten, und in einem Monat so groß wie hundertjährige Fichten sein würden.

Verdammt sollen sie sein! dachte er. Der Herr soll sie verdammen! Aber sein Fluch verlor angesichts der Überzeugung, daß Gott sie geschickt hatte, viel von seiner Gewalt. Die anderen sollten über den Weltraum reden, soviel sie wollten: Anderson wußte, daß derselbe zornige und eifersüchtige Gott, der die Erde einst mit einer Sintflut heimgesucht hatte, nun die Verderbtheit der Menschen durch die Erschaffung und Aussaat der Pflanzen bestraft hatte. Er machte diese Überzeugung niemals zum Gegenstand von Streitgesprächen. Warum sollte Anderson seine Stimme erheben, wenn Gott so überzeugend sein konnte? In diesem Frühjahr waren es sieben Jahre, seit die ersten Schößlinge der Pflanze entdeckt worden waren. Sie waren plötzlich im April 1978 zum Vorschein gekommen, Keimlinge Milliarden mikroskopischer Sporen, die von einem unsichtbaren Sämann über den gesamten Planeten ausgesät worden waren. Innerhalb von Tagen war jeder Quadratmeter festen Bodens, Ackerland und Wüste, Dschungel und Tundra mit einem frischen grünen Teppich bedeckt gewesen.

Mit jedem Jahr hatte die Zahl der Menschen ab- und die der Konvertiten zu Andersons These zugenommen. Wie Noah schien er diesmal derjenige zu sein, der zuletzt lachte. Aber das hinderte ihn nicht daran, die Pflanzen zu hassen, genauso wie Noah die Regenfälle und die steigenden Wasser gehaßt haben mußte.

Anderson hatte die Pflanzen nicht immer so gehaßt. In den ersten Jahren, als die Regierung zusammengebrochen war und die Farmen ihre Blütezeit erlebten, war er im Mondlicht hinausgegangen und hatte ihnen beim Wachsen zugesehen. Es war wie in einem Zeitrafferfilm über Pflanzenwachstum, wie er sie vor Jahren in der landwirtschaftlichen Berufsschule gesehen hatte. Er hatte damals noch gedacht, daß er sich gegen sie würde behaupten können, aber das war ein Irrtum gewesen. Das infernalische Unkraut hatte die Farm seinen Händen entwunden. Es hatte den Stadtbewohnern sogar die Städte weggenommen.

Aber bei Gott, er würde seine Farm zurückgewinnen! Bis zum letzten Quadratmeter! Und wenn er jede Pflanze mit seinen bloßen Händen würde ausreißen müssen!

In solchen Augenblicken war Anderson sich seiner eigenen Kraft und der Unbedingtheit seiner Entschlüsse ebenso bewußt wie ein junger Mann, der sich der Zwanghaftigkeit seiner Triebe bewußt ist, oder eine Frau des Kindes, das sie trägt. Es war eine animalische Kraft, und das, Anderson wußte es, war die einzige Kraft, die stark genug sein würde, um gegen die Pflanzen zu bestehen.

Sein ältester Sohn kam mit Gebrüll aus dem Wald gerannt. Wenn Buddy rannte, wußte Anderson, daß etwas nicht stimmte.

»Was hat er denn?« fragte er Neil. Obwohl der alte Mann es nicht wahrhaben wollte, begann sein Gehör nachzulassen.

»Er sagt, Studs wäre ausgebrochen und hinter den Kühen her.«

»Bete zu Gott, daß dem nicht so ist«, erwiderte Anderson, und sein Blick fiel auf Neil wie ein eisernes Gewicht.

Anderson schickte Neil ins Dorf zurück, um dafür zu sorgen, daß die Männer in ihrer Eile, die Verfolgung aufzunehmen, nicht vergaßen, Stricke und Stangen mitzubringen. Dann folgte er mit Buddy der Fährte, die die Herde hinterlassen hatte. Sie waren nach Buddys Schätzung ungefähr zehn Minuten hinter ihnen.

»Der Vorsprung ist zu groß«, sagte Anderson.

Es war leicht, durch den Wald der Pflanzen zu laufen, denn sie wuchsen in weiten Abständen, und ihr Laubwerk war so dicht, daß sich kein Unterholz halten konnte. Selbst Pilze verkümmerten hier, weil es ihnen an Nahrung fehlte. Die wenigen Espen und Erlen, letzte Überreste des einstigen Auwaldes, waren verdorrt und verrottet und warteten nur auf den nächsten Sturm, der sie umstürzen würde. Die Kiefern und Fichten waren gänzlich verschwunden, abgestorben, zerfallen und von dem Boden verzehrt, der sie einst genährt hatte. Vor Jahren waren die Pflanzen von allen möglichen einheimischen Parasiten bedrängt worden, tierischen und pflanzlichen, und Anderson hatte gehofft, daß die Insekten und Schlingpflanzen die Eindringlinge überwältigen und zerstören würden, aber die Pflanzen hatten sich durchgesetzt, und schließlich waren es die Parasiten gewesen, die ohne erkennbaren Grund abgestorben waren.

Die Riesenstämme der Pflanzen ragten in die Höhe, verloren sich in ihrem Laubwerk; ihr glattes, lebendiges Grün war makellos, unberührt, und wie alles Leben nicht bereit, irgendein anderes als das eigene Leben zu dulden.

Es herrschte eine seltsame, ungesunde Einsamkeit in diesen Wäldern, unerbittlicher als in einem Gefängnis. Trotz seines grünen, gedeihenden Wachstums schien dieser Wald auf merkwürdige Art tot zu sein. Vielleicht lag es daran, daß es in ihm keine Geräusche gab. Die mächtigen Blätter hoch über dem Waldboden waren zu schwer und zu steif, um von etwas Geringerem als einem Sturmwind bewegt zu werden. Die meisten Vögel waren verendet. Das Gleichgewicht der Natur war so gründlich gestört worden, daß selbst Tiere, die niemand je zu den bedrohten Arten gezählt hätte, binnen weniger Jahre auf der ständig wachsenden Liste der ausgestorbenen Spezies ihren Platz gefunden hatten. Die Pflanzen waren in diesen Wäldern allein, und das Gefühl ihrer Fremdartigkeit, ihrer Zugehörigkeit zu einer anderen Naturordnung war überwältigend. Es fraß selbst an den Herzen von Menschen, die früher nie etwas für die Natur übrig gehabt hatten.

»Was ist das für ein Geruch?« fragte Buddy.

»Ich rieche nichts.«

»Es riecht wie etwas Verbranntes.«

Anderson fühlte winzige Regungen der Hoffnung. »Ein Feuer? Aber um diese Jahreszeit brennen sie nicht. Sie sind zu grün.«

»Es sind nicht die Pflanzen. Es ist etwas anderes.«

Es war der Geruch von geröstetem und verbranntem Fleisch, aber er wollte es nicht sagen. Es wäre zu grausam, zu unsinnig, eine von den kostbaren Kühen an eine Bande von Marodeuren zu verlieren.

Ihre Gangart verlangsamte sich. Sie schlichen vorsichtig weiter. »Ich rieche es jetzt auch«, wisperte Anderson. Er zog die großkalibrige Pistole aus dem Hosenbund, sichtbares Zeichen seiner Autorität unter den Bürgern von Tassel. Seit er sein hohes Amt bekleidete (formell war er nur Bürgermeister, aber tatsächlich war er viel mehr), hatte man ihn nie ohne die Waffe gesehen. Die symbolische Kraft dieses Monstrums (denn das Dorf hatte noch einen ansehnlichen Vorrat von Schußwaffen und Munition) beruhte auf der Tatsache, daß es nur für den ernstesten aller Zwecke verwendet wurde: um Menschen zu töten.

Der Geruch war sehr stark geworden; dann, nach einer Biegung, fanden sie die zwölf Kadaver. Sie waren zu Asche verbrannt, aber die Umrisse waren so ausgeprägt, daß man sogar erkennen konnte, welcher Kadaver Studs gewesen war. In ihrer Nähe auf dem Pfad war noch ein kleinerer Flecken von Asche.

»Wie . . .«, begann Buddy, aber in Wirklichkeit meinte er ›was‹, oder sogar ›wer‹, etwas, das sein Vater schneller verstand.

»Jimmy!« schrie der alte Mann, warf sich auf die Knie und vergrub die Hände in dem kleineren Haufen noch rauchender Asche.

Buddy wandte seine Augen ab, denn zu großer Kummer ist wie Trunkenheit: Es schickte sich nicht, daß er seinen Vater so sah.

Es sind nicht mal Knochen übrig, dachte er, als er die anderen Kadaver ansah. Nichts als Asche.

»Mein Sohn!« schrie der alte Mann mit rauher Stimme. »Mein Sohn!« Seine Finger hielten ein Stück Metall, das einmal eine

Gürtelschnalle gewesen war. Die Ränder waren von der Hitze angeschmolzen, und die vom Metall gespeicherte Hitze verbrannte des alten Mannes Finger. Er schien es nicht zu bemerken. Aus seiner Kehle kam ein Geräusch, tiefer als ein Stöhnen, und seine Hände gruben wieder in der Asche. Dann verbarg er auch sein Gesicht darin und weinte.

Nach einer Weile kamen die Männer aus dem Dorf. Einer hatte eine Schaufel mitgebracht, um damit die Kühe anzutreiben. Sie begruben die Asche des Jungen an Ort und Stelle, denn der Wind begann sie bereits zu verwehen. Anderson hielt die Gürtelschnalle in der geballten Faust, als wollte er sie zerdrücken.

Während er über dem flachen Grab seines Sohns ein Gebet sprach, hörten sie das Brüllen der letzten Kuh, Gracie. Sobald sie hastig Amen gesagt hatten, rannten sie der überlebenden Kuh nach. Alle bis auf Anderson, der allein nach Hause ging. Und Gracie verhalf den Männern aus dem Dorf zu einer munteren Verfolgungsjagd.

2

Im vorletzten Frühjahr hatten sie Tassel verlassen müssen, das alte Tassel, in dem sie noch immer ihre richtige Heimat sahen. Die Pflanze hatte ihre Sämlinge in so verschwenderischer Fülle über die umliegenden Felder verstreut (obwohl ein Geheimnis blieb, wie es geschah, da die Pflanzen keinerlei Blüten oder Fruchtkörper entwickelten), daß alle menschlichen Anstrengungen schließlich vergebens gewesen waren. Die Menschen hatten ihr Gebiet zu sehr erweitert; ihr Dorf und die Farmen ringsherum waren nicht mit dem Gedanken an eine Belagerung angelegt worden.

In den ersten drei Jahren hatten sie sich scheinbar gut behaupten können, indem sie die Sämlinge mit Giften besprüht hatten, die von den Chemiekonzernen im Auftrag der Regierung entwickelt worden waren. Jedes Jahr war es ein neues Gift, denn die Pflanze entwickelte ihre Immunität beinahe so rasch wie die Gifte erfunden wurden. Aber selbst in jenen Jahren hatten sie nur die Felder und Weiden besprüht. In Sumpfgebieten und an den See- und Flußufern, in Wäldern und entlang den Straßen schossen die

Sämlinge mehr oder weniger unkontrolliert auf, und wenn sie zu Schößlingen herangewachsen waren, hatten sie nur noch die Axt zu fürchten. Aber es gab einfach zu viele Pflanzen und zu wenig Äxte. Wo immer die Pflanzen wuchsen, gab es nicht genug Licht, nicht genug Wasser und nicht einmal genug Erde für etwas anderes. Als die alten Bäume und Büsche und Gräser überwuchert wurden und abstarben, begann Erosion die fruchtbare Deckschicht des Bodens abzutragen.

Dies galt natürlich nicht für das Ackerland — noch nicht. Aber in nur drei Jahren drängten die Pflanzen an die Felder und Weideflächen heran, und dann war es nur eine Frage der Zeit. Eine Frage sehr kurzer Zeit, genauer gesagt: die Pflanzen nagten hier und dort, sie bissen zu, und im Sommer des fünften Jahres überrannten sie einfach, was ihnen noch nicht gehörte.

Was übrig blieb, waren diese dunklen Ruinen. Buddy empfand ein gewisses elegisches Vergnügen, wann immer er hierherkam. Und es hatte sogar eine praktische Seite: wenn er in den Ruinen herumwühlte, gelang es ihm häufig, alte Werkzeuge und Bleche zu finden, gelegentlich sogar Bücher. Die Zeiten, wo man noch Konserven oder andere eßbare Dinge hatte finden können, waren jedoch inzwischen vorbei. Die Ratten und die Marodeure, die von Duluth heraufkamen, hatten längst ausgeräumt, was nach dem Umzug nach New Tassel zurückgeblieben war. So gab er die Suche auf und setzte sich auf die Stufen der Kongregationalisten-Kirche, die dank den fortgesetzten Bemühungen seines Vaters zu den letzten noch intakten Gebäuden gehörte.

Er erinnerte sich, daß rechts vom Kirchenportal eine mächtige Eiche gestanden hatte, die den kleinen Platz vor der Kirche beherrschte. Diese Eiche hatte unweit der Stelle gestanden, wo die Pflanze durch den plattenbelegten Gehsteig gebrochen war. Während des vierten Winters hatten sie die Eiche zu Brennholz gemacht. Und auch viele von den schönen Ulmen, die einst das Dorf geschmückt hatten.

In der Ferne hörte er Gracies trauriges Muhen, als sie an einem Strick ins Dorf zurückgebracht wurde. Die Jagd war für Buddy zuviel gewesen. Seine Beine hatten nicht mehr mitgemacht. Er fragte sich, ob die Hereford-Rasse jetzt auch ausgestorben sein mochte. Vielleicht nicht, denn Gracie war trächtig, und sie war eine junge Kuh. Wenn sie ein Stierkalb zur Welt brächte, würde es Hoffnung für ihre Rasse geben, wenn auch nicht mehr als einen Schimmer.

Er fragte sich, wie viele Enklaven so lange wie Tassel ausgehalten haben mochten. Seit zwei Jahren waren gefangene Marodeure die einzige Verbindung des Dorfs mit der Außenwelt gewesen, aber die Marodeure waren weniger geworden. Buddy vermutete, daß die Städte zu existieren aufgehört hatten.

Er war dankbar, daß er das Sterben der Städte nicht hatte miterleben müssen, denn selbst der kleine Leichnam von Tassel stimmte ihn melancholisch. Er hatte nicht gedacht, daß das Dorf ihm so am Herzen gelegen hatte. Vor der Invasion der Pflanzen war Tassel für ihn die Verkörperung alles dessen gewesen, was er verabscheute: Enge, Kleinkariertheit, Bosheit, Ignoranz und eine muffige Auffassung von Moral, die ihre Leitlinien nach wie vor aus dem Alten Testament bezog. Und nun betrauerte er die Ruinen, als ob das Dorf Karthago wäre, von den Römern erobert und dem Erdboden gleichgemacht, oder Babylon, die gewaltige Metropole.

Aber vielleicht war es nicht so sehr der Leichnam des Dorfs, den er betrauerte, sondern all die Leichen, deren Grabsteine diese Ruinen waren. Einst hatten mehr als tausend Menschen hier gelebt, und bis auf kümmerliche zweihundertsiebenundvierzig waren alle tot. Wie nach einem unausweichlichen Gesetz hatten die Miesesten überlebt, während die Besten gestorben waren.

Pastern zum Beispiel, der Pfarrer der Kongregationalistengemeinde, und seine Frau Lorraine. In den Jahren, bevor er zur Universität gegangen war, als sein Leben ein einziger, nicht enden wollender Streit mit seinem Vater gewesen war, der ihn zur Landwirtschaftsschule nach Duluth hatte schicken wollen, waren die beiden gut zu Buddy gewesen. Und Vivian Sokulsky, seine Lehrerin von der vierten Klasse an, die einzige ältere Frau im Dorf, die Intelligenz und Sinn für Humor gehabt hatte. Und all die anderen. Immer die Besten.

Und jetzt Jimmy Lee. Rational konnte man die Pflanzen nicht für Jimmys Tod verantwortlich machen. Er war ermordet worden — aber wie und von wem, konnte Buddy sich nicht vorstellen. Oder warum. Vor allem, warum? Doch der Tod und die Pflanzen waren so eng miteinander verwandt, daß man nicht den Hauch des einen fühlen konnte, ohne den Schatten des anderen zu sehen.

»Hallo, Fremder.« Die Stimme hatte ein musikalisches Timbre, aber Buddy reagierte so, als wäre sie rauh und unangenehm gewesen.

»Hallo, Greta. Laß mich in Ruhe.«

Die Stimme lachte, ein volles, kehliges Lachen. Und dann kam Greta selbst zum Vorschein, so voll und üppig wie ihr Lachen, das nun abrupt endete. Sie baute sich vor Buddy auf, als ob sie vor Gericht einen Fall zu verfechten hätte. Beweisstück A: Greta Anderson, die Arme in die Seiten gestemmt, die vollen Hüften herausfordernd vorgereckt, die bloßen Füße wie Wurzeln in die Erde gepflanzt. Sie verdiente bessere Kleidung als das Baumwollhemd, das sie trug. In besserer Kleidung und helleren Farben und besser gestützt, konnte der Typ von Schönheit, den Greta repräsentierte, jeden anderen in den Schatten stellen; doch so, wie sie sich jetzt darbot, wirkte sie ein wenig überreif.

»Man sieht dich kaum noch. Dabei wohnen wir praktisch Tür an Tür...«

»Nur haben wir keine Türen.«

»Trotzdem kriege ich dich kaum noch zu sehen. Manchmal denke ich, du gehst mir absichtlich aus dem Weg.«

»Manchmal tue ich es auch, aber du siehst ja selbst, daß ich damit nicht viel Erfolg habe. Warum gehst du nicht und machst deinem Mann das Essen, wie es sich für eine gute Frau gehört? Es ist ein schwerer Tag gewesen.«

»Neil hat einen Mordsschiß. Ich glaube, daß sie ihn heute abend auspeitschen werden, und ich will nicht zu Hause sein, wenn er kommt. Als er vom Feld kam, fummelte er mit einem Strick an Studs Stalltür rum, damit es so aussehen sollte, als ob es nicht seine Schuld sei — als ob Studs über die Bretterwand gesprungen wäre. Aber es half ihm natürlich nichts. Clay und ein halbes Dutzend andere sahen ihn mit dem Strick herumfummeln. Dafür kriegt er jetzt ein paar Hiebe mehr.«

»Der Idiot!«

Greta lachte. »Das hast du gesagt, nicht ich.«

Mit gespielter Beiläufigkeit setzte sie sich neben ihn auf die Stufe. »Weißt du, Buddy, ich komme auch oft hierher. Im neuen Dorf fühle ich mich so einsam — es ist nicht wirklich ein Dorf, es ist mehr wie ein Sommerlager, im Zelt schlafen, Wasser vom Bach herauftragen. Es ist so langweilig. Du weißt, was ich meine. Du weißt es besser als ich. Ich wollte immer nach Minneapolis und dort leben, aber zuerst war Papa dagegen, und dann... Aber das brauche ich dir nicht zu erzählen.«

Im verlassenen Dorf war es dunkel geworden. Ein sommerlicher Schauer begann auf die Blätter der Pflanzen weit über ihnen zu prasseln, aber nur wenige Tropfen drangen bis zu ihnen durch.

Greta lehnte sich zurück, die Ellbogen auf die nächste Stufe gestützt, den Kopf zurückgelegt, zum fernen Laubdach der Pflanzen aufblickend. Nach längerem Schweigen ließ sie wieder ihr volltönendes Lachen hören.

»Weißt du noch, wie du bei Papas Jugendversammlung den Wodka in den Punsch getan hast? Und wie wir alle wie die Verrückten zu diesen furchtbaren alten Platten tanzten? Ach, war das ein Spaß! Und wir beide waren die einzigen, die richtig gut tanzen konnten. Das war ein böser Streich von dir. Das mit dem Wodka, meine ich. Papa erfuhr nie etwas davon.«

»Jacqueline Brewster konnte auch sehr gut tanzen, wie ich mich erinnere.«

»Jacqueline Brewster ist eine widerliche Person.«

Er lachte, und weil er es nicht mehr gewohnt war, klang sein Lachen rauh und ein wenig schrill. »Jacqueline Brewster ist tot«, sagte er.

»Richtig«, sagte sie. »Und wie wir zum Haus vom alten Jenkins gingen, draußen an der Landstraße – weißt du noch?«

»Greta, reden wir lieber nicht darüber.«

»Aber es war so lustig, Buddy! Es war der größte Spaß. Wir beide auf diesem quietschenden alten Sofa, wie die Wilden haben wir gebumst, daß ich schon dachte, es würde zusammenkrachen, und er gleich nebenan, ohne was zu merken.«

Buddy schnaubte, dann sagte er widerwillig: »Nun, schließlich war er taub.«

»Ach, diese Zeiten werden nie wieder kommen«, sagte sie traurig. »Damals warst du der Wilde. Du warst überhaupt nicht zu halten. Du konntest nicht genug kriegen.« Sie ergriff seine Hand und drückte sie.

»Hör auf, Greta. Du wirst nichts damit erreichen.«

»Ich habe doch ein Recht auf meine Erinnerungen, nicht wahr? Es war so, und du kannst mir nicht erzählen, daß es nicht so gewesen wäre. Ich weiß, daß es nicht mehr so ist. Ich brauche mich nur umzusehen, um das zu merken. Wo ist Jenkins Haus jetzt, he? Hast du jemals versucht, es zu finden? Es ist verschwunden. Und der Fußballplatz – wo ist der? Jeden Tag verschwindet ein bißchen mehr von allem. Neulich ging ich zu MacCord, wo es einst die hübschesten Kleider gab, die man hier draußen kriegen konnte. Nichts mehr da, nicht mal ein Knopf. Wir dachten früher, dies sei ein gottverlassenes Nest am Ende der Welt, und wenn ich dann sehe, wie es jetzt ist — aber ich weiß nicht, vielleicht sind diese Dinge nicht so wichtig. Die Leute sind es, die am wichtigsten sind. Aber die nettesten Leute sind auch tot.«

»Ja«, sagte Buddy, »ja, so ist es.«

»Außer einigen wenigen. Als du fort warst, sah ich, wie es passierte. Einige von ihnen, die Douglas und ein paar andere, suchten ihr Heil in den Städten, aber das war nur ganz am Anfang, in der ersten Panik. Sie kamen zurück, genau wie du — das heißt, diejenigen, die noch konnten. Ich wollte auch fort, aber als Mutter gestorben war, wurde Vater krank, und ich mußte ihn pflegen. Er las die ganze Zeit in der Bibel und betete. Ich mußte neben seinem Bett niederknien und mit ihm beten. Aber seine Stimme erstarb, und schließlich betete ich meistens allein. Ich dachte immer, es muß einen komischen Eindruck machen, wenn jemand zusähe, als ob ich zu Vater betete. Aber zu der Zeit war keiner mehr da, der hätte lachen können. Das Lachen war einfach vertrocknet, wie der Splitrock River. Der Radiosender hatte sein Programm eingestellt, bis auf die Nachrichten dreimal am Tag. Dann kamen all diese Kerle von der Nationalgarde ins Dorf, wollten es evakuieren und uns zwingen, das zu tun, was die Regierung sagte. In der Nacht, als sie die Nationalgardisten erledigten, wurde Delano Paulsen erschossen, und ich wußte nichts davon; erst eine Woche später erfuhr ich es. Niemand wollte es mir sagen, denn nachdem du weggegangen warst, gingen Delano und ich miteinander. Wußtest du das eigentlich? Vater wollte uns trauen, sobald er wieder gesund wäre, ehrlich, das wollte er.

Das war die schreckliche Zeit, als die Pflanzen überall auftauchten. Sie durchbrachen die Straßendecken und die Wasserrohre. Das alte Seeufer war ein Sumpf, und die Pflanzen wuchsen dort dicht an dicht. Alles war furchtbar häßlich. Jetzt ist es direkt hübsch, verglichen mit damals.

Aber das Schlimmste war die Langeweile. Niemand hatte Zeit, sich zu amüsieren. Du warst fort, und Delano war tot, und Vater — nun, du kannst es dir vorstellen. Ich sollte es nicht sagen, aber ich war irgendwie froh, als er endlich starb.

Dann wurde dein Vater zum Bürgermeister gewählt und fing an, alles zu organisieren und den Leuten zu sagen, was sie tun und wo sie leben sollten, und ich dachte: Für mich wird da kein Platz sein. Ich dachte an Noahs Arche, weil Vater mir diese Geschichte oft vorgelesen hatte. Ich dachte: Sie werden ohne mich losziehen. Ich hatte Angst. Ich glaube, alle hatten Angst. In der Stadt muß es noch schlimmer gewesen sein, mit all den Leuten, die nichts mehr zu essen hatten und übereinander herfielen und verhungerten. Ich hörte schreckliche Geschichten darüber. Aber ich hatte wirklich Angst, daß sie mich allein zurücklassen würden. Wie erklärst du dir das? Und dann fing dein Bruder an, mich nachts zu besuchen. Er war damals ungefähr einundzwanzig und sah nicht übel aus, bis auf sein Kinn. Aber ich dachte: ›Greta, du hast eine Chance, Japhet zu heiraten.‹«

»Wen?«

»Japhet. Er war einer von Noahs Söhnen. Der arme Neil! Ich meine, es war wirklich nicht leicht für ihn.«

»Ich glaube, du hast dich jetzt genug erinnert.«

»Ich meine, er wußte nichts von Mädchen. Er war nicht wie du. Er war einundzwanzig, nur wenig jünger als du, und ich glaube nicht, daß er bis dahin überhaupt an Mädchen gedacht hatte. Er sagte später, dein Vater hätte mich ihm empfohlen! Kannst du dir das vorstellen? Als wollte er einen Zuchtstier ins Geschäft bringen!«

Buddy stand ungeduldig auf.

»Was hätte ich tun sollen? Sag es mir. Hätte ich auf dich warten sollen? Eine brennende Kerze ins Fenster stellen?«

»Du brauchst keine Kerze, du brauchst einen, der eine Fackel in der Hose hat.«

Wieder das Lachen, diesmal schriller als zuvor. Sie erhob sich und ging auf ihn zu. Ihre massigen Brüste schienen sich zu straffen.

»Nun, willst du wissen, warum? Du willst es nicht wissen. Du hast Angst vor der Wahrheit. Wenn ich es dir sagte, würdest du es nicht glauben wollen, aber ich werde es dir trotzdem sagen. Dein Bruder ist eine schlappe Zweihundert-Pfund-Nudel, ein nasser Spaghetti. Er ist überhaupt kein Mann. Er bringt ihn überhaupt nicht hoch.«

»Er ist mein Halbbruder«, sagte Buddy beinahe automatisch.

»Und für mich ist er weniger als ein halber Ehemann.« Greta lächelte seltsam, und irgendwie hatte sie es geschafft, daß ihn ihre Brüste wie unabsichtlich berührten.

»Nein«, sagte er und schob sie von sich. »Es ist vorbei. Das war vor acht Jahren. Wir waren damals Kinder. Jugendliche.«

»Oh Junge, mit dir ist auch nichts mehr los!«

Er gab ihr einen Stoß, der stark genug war, daß sie hinfiel, aber es hatte den Anschein, als genieße sie es und als habe sie sich nur zu gern fallen gelassen.

»Das ist genau das, was Neil auch kann«, sagte sie, und alles Melodische war nun aus ihrer Stimme verschwunden. »Und ich muß sagen, daß er darin besser ist als du.«

Buddy lachte und wandte sich zum Gehen. Er hatte vergessen, was für einen großartigen Humor sie aufbringen konnte. Von denen, die übrig waren, war sie die einzige mit Sinn für Humor. Und schlecht sieht sie nicht aus, auch wenn sie ziemlich fett geworden ist, dachte er. Vielleicht sollte ich doch einmal mit ihr schlafen. Im Bett ist sie schon immer eine Schau gewesen.

Er lächelte.

Dann erinnerte er sich, daß er keine Veranlassung hatte, guter Dinge zu sein, und das Lächeln erstarb ihm auf den Lippen.

3

Maryann Anderson hatte etwas von einer Maus an sich. Mausfarben war ihr Haar: ein glanzloses Graubraun. Wenn ihre Gedanken abschweiften, hatte sie die Gewohnheit, den Mund halb zu öffnen und große gelbliche Schneidezähne zu entblößen. Noch schlimmer war, daß sie mit dreiundzwanzig einen stolzen, wenn auch daunenhaft zarten Schnurrbart trug. Sie war klein, nicht größer als einen Meter sechzig, und dünn: Buddy konnte ihren Oberarm mit Daumen und Mittelfinger umspannen.

Selbst ihre Tugenden hatten etwas Mausartiges: Sie war keck, geschäftig und gab sich mit Abfällen zufrieden. Sie war scheu. Sie drängte sich nicht auf. Obwohl sie niemals eine Schönheit war, hätte man sie doch als hübsch bezeichnen können.

Buddy liebte sie nicht. Es gab Zeiten, in denen ihre Passivität ihn aufbrachte. Dennoch war es schwierig, an Maryann Fehler zu finden; ebenso wie es auf der anderen Seite schwierig war, etwas Bewundernswertes an ihr zu entdecken. Buddy lebte in der Gewißheit, daß sie ihm niemals untreu sein würde, und solange seine Bedürfnisse befriedigt wurden, nahm er es Maryann nicht eigentlich übel, daß sie seine Frau war.

Was Maryann betraf, so konnte sie diese Gleichgültigkeit nicht erwidern. Sie war ihrem Mann sklavisch ergeben und hoffnungslos, backfischhaft in ihn verliebt. Buddy hatte immer die Gabe gehabt, bei Frauen eine Art von selbstaufopfernder Verehrung auszulösen, aber er hatte niemals versucht, diesen Einfluß auf Maryann auszuüben, die ihn nur kurze Zeit interessiert hatte, und da nicht aus Verliebtheit, sondern wegen ihres erbarmungswürdigen Zustands.

Es war im Herbst des vierten Jahres nach der Invasion der Pflanzen gewesen, und Buddy war gerade erst nach Tassel zurückgekehrt. Eine Bande von Marodeuren, Maryann unter ihnen, hatte sich irgendwie von Minneapolis bis in diese Gegend durchgeschlagen. Statt zu überfallen und zu plündern, waren sie einfältig genug gewesen, ins Dorf zu kommen und um Lebensmittel zu bitten. Es war eine noch nie dagewesene Situation. Das unabänderliche Gesetz lautete, daß Marodeure hingerichtet werden mußten (Hunger kann aus Lämmern Wölfe machen), aber in diesem Fall kam es zu einer kleinen Kontroverse, und zwar wegen des offensichtlichen guten Willens der Gefangenen. Buddy war einer von denen gewesen, die sich für ihre Freilassung ausgesprochen hatten, aber sein Vater – und die Mehrheit der Männer – bestanden auf der Hinrichtung.

»Dann schone wenigstens die Frauen«, hatte Buddy gebeten, der damals noch ziemlich sentimental gewesen war.

»Die einzige Frau, die mit dem Leben davonkommen wird, ist diejenige, die du zur Ehefrau nimmst«, hatte Anderson erklärt, das Gesetz extemporierend, wie es seine Art war. Und völlig unerwartet und aus reiner Bösartigkeit war Buddy hingegangen und hatte eine von ihnen, nicht einmal die am besten aussehende, ausgewählt, und zu seiner Frau gemacht. Die anderen dreiundzwanzig Marodeure waren hingerichtet und die Leichen beerdigt worden.

Maryann sprach nicht, wenn sie nicht angeredet wurde, aber in den drei Jahren seines Zusammenlebens mit ihr hatte Buddy genug Hinweise und Informationen über ihren Charakter gesammelt, um sich zu überzeugen, daß ihre Tiefen nicht interessanter waren als ihre Oberflächen.

Ihr Vater war ein Bankangestellter gewesen, wenig mehr als ein Kassengehilfe, und sie hatte einen Monat lang im Schreibzimmer eines größeren Unternehmens gearbeitet, bevor die Welt aus den Fugen gegangen und zusammengebrochen war. Obwohl sie zuerst eine Pfarrschule und dann eine konfessionelle Realschule besucht hatte, wo sie Stenographie und Schreibmaschine gelernt hatte, war ihr Katholizismus niemals mehr als lauwarm gewesen. In Tassel hatte sie Andersons hausgemachte und apokalyptische Sorte von Kongregationalismus ohne erkennbare Bedenken oder Gewissensbisse angenommen.

Aber Maryanns besonderer Vorzug war nicht ihre Konversion vom Papismus: Es war eine Fertigkeit, die sie nach Tassel gebracht hatte. Früher hatte sie einmal einen Abendkurs in Korbflechten besucht, beinahe durch Zufall, und etwas in Maryann, etwas ganz Fundamentales, hatte auf die schlichte Schönheit dieses alten Handwerks angesprochen. Sie experimentierte mit Binsen und mit Sumpfgras, und als es damit nicht richtig klappen wollte, ging sie auf eigene Faust los und riß Fasern aus den glatten grünen Stämmen der Pflanzen und ihren riesigen Blättern. Bis zum Ende, bis zu jenem Tag, an dem die Versorgungslastwagen der Regierung zum letztenmal ins Dorf kamen, flocht sie ihre Körbe und Hüte, ihre Sandalen und Matten. Die Leute fanden es zunächst albern, und Maryann selbst betrachtete es als eine Schwäche. Daß es die einzige Fertigkeit war, in der die arme Maus jemals wirklich unübertroffen war, und die ihr obendrein mehr als nur vorübergehende Befriedigung verschaffte, blieb den Leuten und ihr selbst verborgen.

In Tassel wurde Maryanns Licht nicht länger unter den Scheffel gestellt. Ihre Korbflechterei verwandelte die Lebensweise des Dorfs. Nach dem fatalen Sommer, in dem die Pflanzen die Felder überrannten, hatten die fünfhundert Dorfbewohner, die noch übrig gewesen waren, an Hausrat zusammengepackt, was sie tragen konnten, und waren zum Ufer des Oberen Sees gezogen, einige Kilometer den Gooseberry River abwärts. Der Wasserspiegel des Sees war beängstigend gesunken, und das Ufer war zwei bis drei Kilometer von der alten, felsübersäten Küstenlinie entfernt. Wo immer das Wasser zurückging, sprossen die durstigen Sämlinge aus dem Boden, bohrten ihre Wurzeln in die Tiefe bis zum Grundwasser, und der Prozeß beschleunigte sich noch.

In jenem Herbst und während des folgenden Winters hatten die Überlebenden (deren Zahl wie der Wasserspiegel des Sees ständig zurückging) eine Fläche gerodet, die sie im nächsten Jahr hofften bestellen zu können. Dann hatten sie angefangen, sich selbst zu verwurzeln. Es gab kaum Bauholz außer dem, was sie aus dem alten Dorf bergen konnten. Das Holz der Pflanze war weniger fest als Balsaholz, und die meisten einheimischen Bäume waren bereits verfault, und das Brechen von Natursteinen kam mangels geeigneter Werkzeuge nicht in Frage. So verbrachten sie den Winter in einer riesigen Grashütte, deren Wände und Dach unter Maryanns Aufsicht geflochten worden war. Es war ein kalter, verregneter November gewesen, aber durch Flechten konnte man die Finger warmhalten. Ein Dezembersturm riß große Löcher in die Hütte, aber im Januar hatten sie gelernt, ein Flechtwerk herzustellen, das dem schlimmsten Schneesturm standhielt, und als der Februar kam, war es im Gemeinschaftsraum regelrecht gemütlich. Er hatte halb offene Familienabteile, die mit Matten verschlossen werden konnten, wodurch eine beschränkte Zurückgezogenheit möglich war.

Niemand hatte je bedauert, die schlaue Maus ins Dorf gelassen zu haben. Die einzige Ausnahme war gelegentlich der Ehemann der Maus.

»Warum gibt es kein Abendessen?« fragte er.

»Ich war den ganzen Tag bei Lady. Sie ist schrecklich aufgeregt und verzweifelt. Jimmy Lee war ihr Liebling, weißt du. Dein Vater hat auch nicht viel zu ihrem Trost beigetragen. Er redete die ganze Zeit über die Auferstehung des Fleisches. Inzwischen müßte er doch wissen, daß sie nicht so gläubig ist wie er.«

»Trotzdem muß man essen.«

»Ich mach es schon, Buddy. So schnell ich kann. Buddy, ich...«

»Vater fühlt sich also wieder etwas besser?«

»... ich wollte dir etwas sagen. Ich weiß nie, wie deinem Vater zumute ist. Er benimmt sich wie immer. Er verliert nie die Beherrschung. Neil soll heute abend ausgepeitscht werden — ich nehme an, du hast davon gehört?«

»Geschieht ihm recht. Hätte er die Stalltür richtig zugebunden, wäre alles nicht geschehen.«

»Aber wie kann jemand mitten im Wald zu Asche verbrennen? Wie ist das möglich?«

»Keine Ahnung. Es scheint unmöglich. Sieben Tonnen Rindfleisch, die in weniger als zehn Minuten zu Asche wurden.«

»War es ein Blitzschlag?«

»Dann müßte der liebe Gott ihn selbst geschleudert haben. Ich vermute, daß es Marodeure waren. Sie haben irgendeine neue Waffe erfunden.«

»Aber warum sollten sie Kühe töten? Wenn sie Menschen getötet und das Vieh gestohlen hätten, könnte ich es verstehen ...«

»Maryann, ich weiß nicht, was passiert ist. Frag mich nicht.«

»Ich wollte dir noch was sagen ...«

»Maryann!«

Verdrießlich ging sie zurück zur Feuerstelle, um in dem irdenen Topf zu rühren, der in der heißen Asche ruhte; daneben, eingewickelt in Maisblätter, lagen die drei Barsche, die Jimmy Lee am Morgen am Seeufer gefangen hatte.

Von nun an würde es weder Milch noch Butter geben, und sie mußten sich mit Maisbrei, Fischen und gelegentlich einem Ei begnügen. Einer der Vorteile, mit einem Anderson verheiratet zu sein, war immer zusätzliche Nahrungsmittel gewesen, besonders Fleisch. Maryann hatte sich nie genau erkundigt, woher es immer gekommen war; sie hatte einfach genommen, was Lady, Andersons Frau, ihr gegeben hatte.

Nun, dachte sie, es gibt immer noch Schweine und Hühner und einen See voller Fische. Die Welt ist nicht untergegangen. Vielleicht konnten die Jäger nach der Ernte genug Wild herbeischaffen, um den Verlust der Herefords auszugleichen. Vor ein paar Jahren war die Jagd so gut gewesen, daß die Männer mit dem Gedanken gespielt hatten, Nomaden zu werden und dem Wild zu folgen, wie die Indianer es zu tun pflegten. Dann war es jedoch auch mit den Hirschen abwärts gegangen. Ein Winter mit vielen Wölfen und Bären war gefolgt, aber dann begannen auch sie auszusterben, und nun war es wie in den alten Tagen, wo man lange durch den Wald hatte laufen können, ohne einem Stück Wild zu begegnen, bis auf die Wildkaninchen. Kaninchen konnten die faserige äußere Rindenschicht von den Pflanzen abnagen.

Maryann redete über irgendwas, aber nach einem Tag wie diesem konnte Buddy sich nicht konzentrieren. Er dachte an Greta: Die Biegung ihres Halses, als sie auf den Stufen vor der Kirche ihren Kopf zurückgeworfen hatte. Die kleine Erhebung ihres Adamsapfels. Und ihre Lippen. Irgendwoher hatte sie immer noch Lippenstift. Hatte sie ihn nur wegen ihm aufgelegt?

»Was hast du gesagt?« fragte er Maryann.

»Nichts. Es war nichts.«

Buddy hatte immer gedacht, daß Maryann die ideale Frau für Neil sein müßte. Sie hatte das gleiche Kinn, den gleichen Mangel an Humor, den gleichen sturen Fleiß, und sie hatten beide Vorderzähne wie Kaninchen. Neil hätte an Maryanns Passivität nichts auszusetzen gehabt. Mit Maryann im Bett fühlte Buddy sich immer an die Turnstunde in der zehnten Klasse erinnert, als Mr. Olson sie jedesmal fünfzehn Liegestütz hatte machen lassen. Neil schien indes dieser Aspekt der Dinge nicht soviel zu bedeuten.

Es war ein Schock gewesen, zurückzukommen und Greta Pastern mit seinem Halbbruder verheiratet zu finden. Irgendwie hatte er damit gerechnet, daß sie auf ihn warten würde. Sie war ein so bedeutender Teil des Tassel gewesen, das er zurückgelassen und wiederzufinden gehofft hatte.

Es war eine heikle Situation gewesen in den ersten Wochen. Buddy und Greta waren während Buddys letztem Jahr in Tassel alles andere als geheimnistuerisch gewesen. Ihre Angebereien und Ungeniertheiten waren an jedem Küchentisch und an jedem Gartenzaun im Dorf diskutiert worden. Greta, des Pfarrers einziges Kind, und Buddy, der älteste Sohn des reichsten — und rechtschaffensten — Farmers im Dorf, ja im ganzen Distrikt. Alle hatten erwartet, daß nichts Gutes dabei herauskommen würde.

Aber der verlorene Sohn, der nach Tassel zurückgekehrt war, war eben nicht derselbe Sohn, der von Tassel fortgegangen war. In der Zwischenzeit hatte er ein Drittel seines Gewichts heruntergehungert, in einem der Zwangsarbeitertrupps der Regierung gearbeitet und sich von Minneapolis nach Tassel durchgeschlagen, manchmal gemeinsam mit den Rudeln menschlicher Wölfe, manchmal gegen sie kämpfend, wie es sich gerade ergeben hatte. Als er das Heimatdorf endlich erreichte war er viel mehr daran interessiert gewesen, seine eigene Haut zu retten, als unter Gretas Röcke zu kommen.

Darum war es, abgesehen von der humanitären Geste, klug gewesen, Maryann zu heiraten. Buddy der Ehemann schien viel weniger geeignet, den dörflichen Frieden zu stören, als Buddy der Junggeselle, und er konnte auf der Straße Greta begegnen, ohne gleich einen Sturm von Spekulationen auszulösen.

»Buddy?«

»Sag es mir später!«

»Das Essen ist fertig. Das ist alles.«

So eine dumme Trine, dachte er. Aber eine passable Köchin. Jedenfalls eine bessere als Greta, und das war ein Trost.

Er schaufelte den dampfenden gelben Maisbrei in den Mund

und nickte Maryann anerkennend zu, um auszudrücken, daß er zufrieden sei. Sie sah zu, wie er einen Teller Maisbrei und zwei von den Fischen hinunterschlang, dann aß sie, was übriggeblieben war.

Ich werde es ihm jetzt sagen, solange er guter Laune ist, dachte sie. Aber bevor sie anfangen konnte, war Buddy aufgestanden und auf dem Weg zur Tür.

»Es muß ungefähr die Zeit für die Auspeitschung sein«, sagte er.

»Ich will es nicht sehen. Es macht mich krank.«

»Niemand verlangt, daß eine Frau dabei ist.« Und mit einem Lächeln, das sie aufmuntern sollte, war er draußen. Selbst wenn er zimperlich gewesen wäre, und das war er keineswegs, hätte er anwesend sein müssen. Jeder gesunde Junge und Mann vom achten Lebensjahr an war verpflichtet, solchen Bestrafungen beizuwohnen. Eine gute Auspeitschung konnte in den Herzen der Zuschauer beinahe soviel Gottesfurcht wecken wie in dem Herzen, um das die Peitschenschnur pfiff.

Auf dem Platz vor dem Gemeinschaftshaus stand Neil bereits an den Pfahl gebunden. Sein Oberkörper war entblößt. Buddy kam als einer der letzten. Anderson, die Peitsche in der Hand, stand breitbeinig bereit. Buddy sah, daß seine Haltung ein wenig zu steif war, und er wußte, daß es den alten Mann eine Menge Überwindung kostete, so zu tun, als ob dies nicht mehr als ein gewöhnliches Vergehen sei, eine Sache von zwanzig Peitschenhieben.

Wenn Anderson Buddy oder Neil auspeitschen mußte, teilte er den Schmerz unparteiisch aus — nicht mehr und nicht weniger als er für das gleiche Vergehen jedem anderen verabreicht haben würde. Seine Hiebe waren gleichmäßig und präzis wie der Schlag eines Metronoms, aber heute knickten seine Knie nach dem dritten Schlag ein, und er stürzte zu Boden.

Ein Keuchen wurde im Kreis der Zuschauer laut, dann war Anderson wieder auf den Füßen. Die Farbe war aus seinem Gesicht gewichen, und als er die Peitsche Buddy gab, zitterte seine Hand.

»Du machst weiter«, befahl er.

Buddy hätte nicht überraschter und bestürzter sein können, wenn der alte Mann ihm ein Zepter in die Hand gedrückt hätte.

Maryann hörte alles durch die dünne Flechtwand, während sie den Topf auskratzte. Als nach dem dritten Schlag eine Pause eintrat, hoffte sie, es möge das Ende sein. Sie verstand natürlich, daß diese Dinge getan werden mußten, aber es war kein Zeichen von guten Manieren, wenn man zusah, wie sich andere Leute vor Schmerzen wanden, selbst wenn man sie nicht mochte.

Die Auspeitschung nahm ihren Fortgang.

Sie wünschte, daß Buddy ihr mehr zu essen übriggelassen hätte. Und nun, da die Guernseys alle tot waren, würde es keine Milch mehr geben.

Sie überlegte, wie sie es ihm sagen würde, wenn er heimkam. Um seinetwillen hoffte sie auf einen Jungen, und sie schlief mit dem Gedanken ein, welchen Namen sie ihm geben sollten. Patrick, nach seinem Großvater? Oder Lawrence? Diesen Namen hatte sie immer geliebt, aus irgendeinem Grund. Oder Buddy? Sie überlegte, ob es einen heiligen Buddy gab. Sie hatte nie von einem gehört. Vielleicht war er ein Heiliger der Kongregationalisten.

4

Am 22. August 1985 begannen laut Anweisung vom 4. Juli 1985 die Vorbereitungen zur Einäscherung des Artefakts, das in den Karten als ›Duluth‹ bezeichnet wurde. Die meteorologischen Verhältnisse waren ideal: Seit siebzehn Tagen war kein Regen mehr gefallen, es gab kaum Frühnebel. ›Duluth‹ wurde in vier Bezirke aufgeteilt, und jeder dieser Bezirke wurde wiederum in drei Sektionen aufgegliedert, wie aus den beiliegenden, aus 1,33 km Höhe aufgenommenen Fotografien hervorgeht. Die Aktion begann am 23. August 1985, 20 Uhr 43.

Dieses Artefakt war auf zahlreichen niedrigen Erhebungen natürlicher Herkunft errichtet, in topografischer Verwandtschaft zu dem Artefakt ›San Franscico‹. Hier war das überwiegend verwendete Baumaterial jedoch Holz, das gut brennbar ist. Die Einäscherung begann in den tiefergelegenen Teilen jeder Sektion, und der natürliche Aufwind bewirkte beinahe soviel wie die eingesetzten technischen Mittel.

Mit Ausnahme der Sektionen II/3 und III/1 in der Nähe des alten Seeufers (hier waren die Elemente des Artefakts aus irgendeinem Grund größer und aus Stein und Ziegeln statt aus Holz errichtet), wurde die völlige Einäscherung in 3,64 Stunden erreicht. Sobald die Arbeit in jedem Bezirk zufriedenstellend abgeschlossen war, wurden sämtliche Ausrüstungen zu den Sektionen II/3 und III/1 verbracht, und diese Sektionen waren am 24. August 1985 um 1 Uhr 12 ebenfalls restlos eingeäschert.

In der Sektion IV/3 gab es zwei Fälle von mechanischem Versagen. Eine Schadensmeldung wurde dem Ersatzteilbüro zugeleitet, und eine Durchschrift dieser Schadensmeldung ist hier beigelegt.

Säugetiere, die an der Peripherie der Bezirke I, II und IV lebten, entkamen infolge Unzulänglichkeit der Ausrüstung und der Geländebedingungen in die angrenzenden Felder. Letzte Schätzungen beziffern die Zahl der Entkommenen auf 200 bis 340 von den großen Säugetieren, den Erbauern des Artefakts, und 15 000 bis 20 000 von den kleinen Säugetieren.

Alle holzfressenden und pflanzenbewohnenden Insekten wurden eliminiert.

Operationen wurden mit dem Ziel eingeleitet, die entkommenen Säugetiere sowie andere, die jenseits der Grenzen von ›Duluth‹ leben, zu verfolgen und aufzuspüren, doch die verfügbaren Mittel sind begrenzt. (Siehe Anforderungsformular 800/b: 15. August 1985; 15. Mai 1985; 15. Februar 1985.)

Nach Abschluß der Aktion wurden die Mulden des Artefakts mit Asche aufgefüllt, und am 27. August 1985 konnte mit der Aussaat begonnen werden.

Aufgrund der Felduntersuchungen vom 12. Mai 1985 bis zum 4. Juli 1985 folgt diese Einheit nunmehr einer festgelegten Route entlang dem Südufer des ›Oberen Sees‹. (Siehe Landkarte von ›Wisconcin‹.) Voruntersuchungen hatten darauf hingedeutet, daß dieses Gebiet von einheimischen Säugetieren dicht besiedelt ist.

Der veraltete Sphäroid Modell 37-Mg wird für diese Operation eingesetzt, da es an einsatzbereiten Sphäroiden der Modelle 39-Mg und 45-Mh mangelt. Trotz seines großen Umfangs ist das Modell 37-Mg für die Säugetiervernichtung durchaus geeignet. Tatsächlich sind seine thermotropen Elemente höher entwickelt als diejenigen der späteren Modelle. Dennoch kann der Einsatz des Modells 37-Mg bei wechselnden Feldverhältnissen vom zentralen Steuergerät dieser Einheit nicht ohne entsprechende Verzögerungen geleitet werden.

Der weitere Einäscherungsprozeß wird nun, nachdem das letzte der Hauptartefakte eingeebnet und als Saatfläche nutzbar gemacht wurde, weniger rasch voranschreiten. Die verbleibenden Artefakte sind klein und liegen verstreut und weit auseinander. Obgleich unsere Voruntersuchung gezeigt hat, daß die meisten dieser Artefakte nicht länger bewohnt sind, werden wir in Ausführung des Befehls vom 4. Juli 1985 ihre völlige Einäscherung durchführen.

Das Projekt kann voraussichtlich bis zum 2. Februar 1986 abgeschlossen werden.

»Was sagst du dazu, mein Liebes?« fragte er.

»Es ist sehr schön«, sagte sie. »Und hast du es nur für mich getan?«

»Liebling, du bist das einzige Mädchen auf der Welt.«

Jackie lächelte ihr bittersüßes Lächeln, das sie für hoffnungslose Unglücksfälle reservierte. Sie schloß die Augen, nicht um den Anblick zu verbannen, sondern weil sie sehr müde war. Sie schüttelte die Asche aus ihrem lockigen schwarzen Haar.

Jeremiah Orville schloß sie in die Arme. Es schien die passende Geste zu sein – eine traditionelle Geste wie das Abnehmen des Huts bei einer Beerdigung. Schweigend betrachtete er die brennende Stadt.

Jackie rieb ihre Stupsnase an der kratzigen Wolle seines Pullovers. »Ich habe diese Stadt sowieso nie gemocht«, sagte sie.

»Sie hat uns am Leben erhalten.«

»Natürlich, Jerry. Ich will nicht undankbar sein. Ich meinte bloß ...«

»Ich verstehe. Das ist bloß meine Sentimentalität, die wieder außer Kontrolle gerät.«

Trotz der Hitze und seiner Umarmung fröstelte sie. »Wir werden jetzt sterben. Wir werden bestimmt sterben.«

»Kopf hoch, Miß Whythe! Denken Sie an die Titanic!«

Sie lachte. »Ich komme mir vor wie Carmen, wenn sie die Pik-Dame aufdeckt.« Sie summte das Schicksalsthema, und als die letzte Note zu tief ausfiel, murmelte sie entschuldigend: »In einer Amateuraufführung.«

»Kein Wunder, daß man deprimiert ist, wenn ringsum die Welt brennt«, sagte er in bester David Niven-Manier. Dann, in authentischem Mittelwest-Tonfall: »He, sieh mal! Jetzt hat es auch das Alworth Building erwischt!«

Sie wandte sich um, und in ihren dunklen Augen tanzte der Widerschein des Feuerwerks. Das Alworth Building war das größte und höchste Bauwerk von Duluth. Es brannte großartig. Die ganze

Innenstadt stand jetzt in Flammen. Links vom Alworth Building flammte das nicht viel kleinere Gebäude der First American National Bank noch prächtiger auf als sein Nachbar.

Sie hatten die letzten Jahre in der Stahlkammer im Keller der First American National Bank gelebt. Ihr kostbarer Vorrat an Konservendosen war noch immer in den Schließfächern, und der Kanarienvogel saß wahrscheinlich in seinem Käfig in der Ecke. Es war ein sehr gemütliches Heim gewesen, obwohl sie nur wenige Besucher gehabt und die meisten von ihnen hatten töten müssen. Solches Glück konnte nicht ewig währen.

Jackie weinte echte Tränen.

»Traurig?« fragte er.

»Oh, nicht traurig ... Nur ein bißchen entwurzelt. Und ärgerlich auf mich selbst, weil ich es nicht verstehe. Es ist so schrecklich wie das, was man früher ein Gottesgericht zu nennen pflegte. Als ob Gott die Quelle von allem Unvernünftigen wäre. Ich möchte gern die Ursachen dieser Ereignisse wissen.« Dann, nach einer Pause: »Vielleicht waren es die Termiten?«

»Die Termiten!« Er sah sie ungläubig an, und ihre Wangen begannen verräterische Grübchen zu zeigen. Sie zog ihn auf. Gemeinsam brachen sie in Gelächter aus.

In der Ferne brach das Alworth Building zusammen. Ein Stück weiter, im ausgetrockneten Hafenbecken, lag ein Schiff auf der Seite und aus den Bullaugen sprühten Flammen.

Da und dort konnte man zwischen den Feuersbrünsten, dem Schutt und den Rauchwolken die Brandstifter sehen. Aus dieser Entfernung sahen sie wie harmlose Mechanismen aus. Sie erinnerten Jackie an nichts so sehr wie an Volkswagen aus den frühen fünfziger Jahren, als alle Volkswagen grau zu sein schienen. Sie waren emsig, ordentlich und zuverlässig.

»Wir sollten uns auf den Weg machen«, sagte er. »Bald werden sie mit den Vororten aufräumen.«

»Nun, lebe wohl, Zivilisation«, sagte Jackie und winkte dem Inferno zu. Die Feuerteufel leisteten gründliche Arbeit.

Sie sausten auf ihren Fahrrädern den Skyline Parkway entlang, von dem aus sie die brennende Stadt betrachtet hatten. Dann, auf dem unteren Drittel der langen Steigungsstrecke, riß Orvilles Kette, und sie mußten die Fahrräder schieben.

Der Skyline Parkway, seit Jahren nicht mehr instandgehalten, war rissig, voll von Schlaglöchern und übersät mit Schutt, angewehtem Sand und weggeworfenem Gerümpel. Als sie auf der anderen Seite des Hügels am Amity Park hinunterfuhren, waren sie im Dunkeln, denn der Hügel verdeckte den Feuerschein.

Am Fuß des Hügels wurden sie aus der Dunkelheit von einer klaren Frauenstimme angerufen: »Halt!« Sie sprangen von den Rädern und warfen sich flach auf den Boden. Sie hatten es oft geübt. Orville zog seine Pistole.

Die Frau kam aus ihrem Versteck, die Arme über dem Kopf, mit leeren Händen. Sie war schon älter, sechzig oder mehr, und von trotziger Unschuld. Sie kam viel zu nahe heran.

»Die ist ein Lockvogel«, flüsterte Jackie.

Soviel war offensichtlich, aber wo die anderen waren, wußte Orville nicht zu sagen. Bäume, Häuser, Hecken, liegengebliebene Wagen überall, die Deckungsmöglichkeiten waren unerschöpflich. Es war dunkel, und die Luft war voll Rauch. Orville steckte seine Waffe wieder in den Hosenbund und stand auf. Er streckte der Frau die Hand hin. Sie lächelte, aber näher kam sie nicht.

»Ich würde nicht über die nächste Anhöhe gehen, meine Lieben. Auf der anderen Seite ist eine Maschine. Eine Art Flammenwerfer, glaube ich. Wenn Sie wollen, werde ich Ihnen einen besseren Weg zeigen.«

»Wie sieht diese Maschine aus?«

»Keiner von uns hat sie gesehen. Wir haben bloß die Leute gesehen, die geröstet wurden, als sie über den Hügel wollten. Es war schrecklich.«

Es war nicht unmöglich, nicht einmal unwahrscheinlich; doch ebenso möglich und wahrscheinlich war, daß er in eine Falle gelockt wurde. »Einen Moment«, sagte er zu der Frau. Er signalisierte Jackie, zu bleiben wo sie war, und ging den sanft geneigten Hang des Hügels hinauf. Er suchte in dem Schutt und den Abfällen, die sich in den Jahren hier angehäuft hatten, eine Latte. Kurz bevor er die Kuppe des Hügels erreichte, blieb er hinter einer der Pflanzen stehen, die den Straßenasphalt durchbrochen hatte, und schleuderte die Latte über die Anhöhe.

Bevor die Latte den höchsten Punkt ihrer Bahn erreichte, ging sie in Flammen auf, und bevor sie den Boden erreichte, war die Flamme erloschen. Das Holz war völlig verglüht.

»Sie haben recht«, sagte er, als er zu der Frau zurückgekehrt war. »Und wir danken Ihnen.«

Jackie stand auf. »Wir haben nichts zu essen bei uns«, verkündete sie, weniger zu der alten Frau als zu denen, die vermutlich ringsum im Hinterhalt lauerten. Die Gewohnheit des Mißtrauens war zu stark, um von einem Augenblick auf den anderen zu verschwinden.

»Keine Angst, meine Lieben, Sie haben Ihre erste Prüfung bestanden. Soweit es uns betrifft, haben Sie Ihren Verstand bewiesen. Wenn Sie wüßten, wie viele Leute einfach weitergehen ...« Sie seufzte. »Ich bin Alice Nemerov. Sie können ruhig Alice zu mir sagen.« Dann, als fiele es ihr erst verspätet ein, fügte sie hinzu: »Ich bin Krankenschwester, wissen Sie. Wenn Sie krank werden, kann ich Ihnen ein bißchen helfen.«

»Ich bin Jeremiah Orville, Bergbauingenieur, und wenn Sie eine Mine haben, werde ich sie mir gerne ansehen und Ihnen sagen, was damit los ist.«

»Und Sie, meine Liebe?«

»Jackie Janice Whythe. Ich bin Schauspielerin. Und ich kann schießen, und ich habe keine Skrupel, auch auf Menschen abzudrücken.«

»Großartig. Nun kommen Sie, damit ich Ihnen die anderen Wölfe zeige. Wir sind genug, um ein ganzes Rudel abzugeben. Johnny! Ned! Christie! Kommt raus!« Schatten lösten sich aus der Dunkelheit und kamen näher.

Jackie legte ihre Arme um Orville und drückte ihn begeistert. Sie zog an seinem Ohr, und er bückte sich, daß sie hineinflüstern konnte. »Wir werden doch überleben! Ist das nicht wundervoll?«

Es war mehr als sie erwartet hatten.

Sein ganzes Leben lang hatte Jeremiah Orville auf bessere Dinge gehofft. Als er mit dem Studium begonnen hatte, hatte er gehofft, als Wissenschaftler in der Forschung arbeiten zu können. Statt dessen war er in einem bequemen und scheinbar sicheren Job gelandet. Er hatte gehofft, diesen Job und Duluth verlassen zu können, sobald er zehntausend Dollar gespart haben würde, aber bevor er auch nur die Hälfte davon zusammengebracht hatte, war er verheiratet und der Besitzer eines netten kleinen Vorstadthauses gewesen (dreitausend Dollar Anzahlung, zehn Jahre für die Abzahlung der Restsumme). Er hatte auf eine glückliche Ehe gehofft, aber inzwischen (er heiratete spät, mit dreißig Jahren) hatte er gelernt, nicht zu sehr zu hoffen. Im Jahr 1978, als die Pflanzen kamen, war er unmerklich an dem Punkt angelangt, wo er all diese

Hoffnungen auf die schmalen Schultern seines vierjährigen Sohns übertrug. Doch der kleine Nolan erwies sich als unfähig, während der ersten Hungersnot, die die Städte traf, auch nur die Bürde seiner eigenen Existenz zu tragen, und Therese hielt nur einen oder zwei Monate länger aus. Er hörte ein Jahr später zufällig von ihrem Tod: Kurz bevor sie gestorben war, hatte er sie verlassen.

Wie alle anderen gab Orville vor, die Invasion zu hassen (in den Städten hatte man sie nie als etwas anderes angesehen), aber insgeheim genoß er sie, frohlockte darüber. Vor der Invasion hatte Orville auf der Schwelle eines grauen Spießerlebens gestanden, und plötzlich hatte sich vor ihm ein neues Leben — das Leben selbst! — geöffnet.

Die Welt um ihn her mochte sterben. Es machte nichts: Er lebte und genoß das Chaos.

Für eine Weile hatte es einen Machtrausch gegeben. Nicht die kühle, behandschuhte Macht des Reichtums, die zuvor regiert hatte, sondern eine andere Art der Macht, die aus der Kraft erwuchs, extreme Ungerechtigkeit zu verewigen. Er hatte für die Regierung gearbeitet. Zuerst als Vormann von Zwangsarbeiter-Trupps; später (innerhalb nur weniger Monate, denn das Schrittmaß der Ereignisse beschleunigte sich) als Direktor des gesamten Arbeitseinsatzprogramms der Stadtregion. Zuweilen fragte er sich, welchen Unterschied es zwischen ihm und einem Eichmann gab, aber er ließ nicht zu, daß solche Spekulationen seine Arbeit beeinträchtigten.

Sein nüchterner Sinn für Realitäten und Möglichkeiten ließ ihn frühzeitig erkennen, wie unhaltbar die Position der Regierung war. So konnte er geeignete Vorbereitungen für den Zeitpunkt ihres Zusammenbruchs treffen. Die Farmer konnten nicht viel weiter getrieben werden. Sie waren die Unabhängigkeit gewöhnt und betrachteten die Städter als Parasiten. Sie würden revoltieren und ihre wenige Nahrung für sich behalten. Ohne Lebensmittelversorgung würden die Städter entweder revoltieren oder verhungern. Sterben würden sie in jedem Fall. Also hatte Orville (nach geeigneten bürokratischen Machenschaften und ein paar Bestechungen) seine Festung im Keller der First American National Bank verproviantiert und sich aus seinem Leben im öffentlichen Dienst zurückgezogen.

Es hatte sogar eine Romanze gegeben, und anders als seine Ehe hatte sie sich genau so entwickelt, wie man es von einer Romanze erwarten durfte: eine stark umkämpfte Werbung, extravagante Liebeserklärungen, Eifersucht, Triumphe – oh, unaufhörliche Triumphe, und immer das Aphrodisiakum von tödlicher Gefahr, das die Hinterhöfe und geplünderten Läden der sterbenden Stadt erfüllte.

Drei Jahre lebte er nun mit Jackie Whythe zusammen, und im Rückblick erschien es ihm kaum anders als ein Ferienwochenende.

Fühlten nicht auch die anderen Überlebenden diese heimliche Freude in ihren Herzen? Es mußte so sein, dachte er. Es mußte so sein.

Hinter dem Ferienpark von Brighton Beach wuchsen die Pflanzen dichter, und der städtische Siedlungsbrei dünnte aus. Die zusammengewürfelte kleine Gruppe war in die Wildnis gekommen, wo sie sich einstweilen sicherer fühlen konnte. Als sie der Fernstraße 61 in nordöstlicher Richtung folgten, verblaßte das matte Licht der brennenden Stadt hinter ihnen, und das schwächere Licht der Sterne wurde von Laubwerk ausgelöscht. Sie drangen in vollkommene Dunkelheit ein.

Trotzdem kamen sie schnell voran, denn obwohl die Pflanzen allenthalben die Straßendecke durchbrochen hatten, hatten sie sie nicht ganz zerstört. Kein Dickicht behinderte sie, keine Zweige schlugen einem ins Gesicht, keine Rankengewächse und Gerippe abgestorbener Jungfichten brachten einen zu Fall. Es gab nicht einmal Stechmücken, denn die Pflanzen hatten alle Sumpfgebiete ringsum trockengelegt. Die einzigen Hindernisse waren gelegentliche Schlaglöcher und manchmal, wo die Pflanzen die Straßendecke hinreichend aufgebrochen hatten, daß die Erosion wirksam wurde, eine ausgewaschene Rinne.

Orville und die anderen folgten der Straße, bis der Morgen grau durch die östlichen Waldmassen schimmerte, dann wandten sie sich dem Licht und dem See zu, der früher einmal von dieser Straße aus zu sehen gewesen war. Es schien gefährlich, der Fernstraße 61 weiterhin so auffällig zu folgen. Außerdem waren sie durstig. Mit etwas Glück mochte es ihnen sogar gelingen, Fische aus dem See zu holen.

Die Marschroute war ihnen von den Umständen aufgezwungen worden. Angesichts des bevorstehenden Winters wäre es klüger gewesen, südwärts zu wandern, aber das hätte ein Umgehen der brennenden Stadt bedeutet, ein Risiko, das in keiner Weise lohnend erschien. Im Westen gab es kein Wasser, und im Osten gab es zuviel. Der Obere See, obschon geschrumpft, war immer noch eine wirksame Barriere, ein Binnenmeer. Vielleicht gab es in einem der Uferdörfer noch brauchbare Boote. Es würde am besten sein, dem Seeufer nach Nordosten zu folgen und unterwegs die Farmen und Dörfer zu plündern. Über den Winter nachzudenken, wagten sie nicht.

Der Obere See wimmelte von Barschen. Über einem Treibholzfeuer gebraten, waren sie selbst ohne Salz schmackhaft. Danach diskutierte die Gruppe ihre Lage und die Aussichten. Es gab nicht viel zu entscheiden: die Situation diktierte ihre Bedingungen. Die Zusammenkunft war tatsächlich weniger eine Diskussion als ein Wettbewerb unter den sechzehn Männern, um zu sehen, wer die Führerschaft an sich reißen würde. Ihre Bande hatte sich durch Zufall gebildet. Sie kannten sich kaum untereinander. Keiner der Bewerber um die Führerschaft schien bereit, die Einzelheiten seines bisherigen Überlebens zu diskutieren. Solche Zurückhaltung war natürlich und schicklich: wenigstens waren sie nicht so brutalisiert, daß sie in ihrer Verderbtheit schwelgten und sich mit ihrer Schuld brüsteten. Sie hatten getan, was sie hatten tun müssen, aber sie waren nicht gerade stolz darauf.

Alice Nemerov ersparte ihnen diese Peinlichkeit, indem sie ihre eigene Geschichte erzählte, die in Anbetracht der Umstände bemerkenswert frei von Unerfreulichkeiten war. Von den ersten Tagen der Hungersnot an war sie im Zentralkrankenhaus geblieben und hatte in der Isolierstation gelebt. Das Krankenhauspersonal hatte seine Fähigkeiten, Medikamentenvorräte und Verbandsmaterialien eingetauscht und so selbst die schlimmsten Zeiten überstanden — bis diese letzte und schlimmste Zeit angebrochen war. Die Überlebenden waren hauptsächlich Krankenschwestern und Pfleger; die Ärzte hatten sich in ihre Landhäuser zurückgezogen, als nach dem Zusammenbruch der Regierung Anarchie und Hungersnot die Stadt regierten. In den letzten Jahren war Alice Nemerov ihrer Samaritertätigkeit nachgegangen, gepanzert in Unschuld und der Gewißheit, daß ihre Kenntnisse selbst unter den bösartigsten Überlebenden ein Paß sein würde, in der Gewißheit auch, daß sie über den Punkt hinaus war, wo man sich als Frau vor Vergewaltigung fürchten mußte. So hatte sie viele von ihren Leuten kennengelernt, und sie hatte eine Anzahl von ihnen mit Geschick und Takt um sich geschart. Sie wußte auch von anderen

Überlebenden und den oft ebenso komischen wie verzweifelten Mitteln zu berichten, mit denen sie sich vor dem Verhungern gerettet hatten.

»Ratten?« fragte Jackie und versuchte in ihrem Abscheu nicht allzu zimperlich zu wirken.

»Oh ja, meine Liebe, viele von uns haben das versucht. Ich gebe zu, daß es ziemlich widerwärtig war.« Mehrere ihrer Zuhörer nickten zustimmend.

»Und es gab auch Kannibalen, aber sie waren arme Teufel, ganz und gar nicht das, was man sich unter einem Kannibalen vorstellen würde.«

Als die Sonne im Zenith stand, brachte das wachsende Vertrauen auch einige von den anderen zum Sprechen, und Orville erkannte zum erstenmal, daß er nicht das Ungeheuer von Schlechtigkeit war, für das er sich manchmal gehalten hatte. Selbst als er enthüllte, daß er ein Vormann bei den Zwangsarbeitertrupps der Regierung gewesen war, zeigten seine Zuhörer weder Entrüstung noch Feindseligkeit, obwohl einige von ihnen seinerzeit zur Zwangsarbeit eingezogen worden waren. Die Invasion hatte alle zu Relativisten werden lassen, tolerant gegenüber den Mitteln und Wegen der anderen.

Es war heiß, und sie brauchten Schlaf. Der Zusammenbruch der Barrieren ihrer Einsamkeit hatte ihr Denken und Fühlen beinahe so ermüdet wie der Marsch. Sie stellten Posten auf, aber einer von ihnen mußte geschlafen haben. Die Gelegenheit zum Widerstand war bereits vertan, bevor die Gefahr erkannt wurde.

Die Farmer, deren Knochen so schlecht mit Fleisch bekleidet waren wie dieses Fleisch mit zerfetztem blauem Köper, griffen in dreifacher Übermacht an, und während die Flüchtlinge schliefen, gelang es den Angreifern, den größten Teil ihrer Waffen zu erbeuten und sie am Gebrauch der restlichen zu hindern.

Mit einer Ausnahme: Christie, der Orville sympathisch war, hatte beim Erwachen seinen Revolver gezogen und einen Farmer, einen alten Mann, in den Kopf geschossen. Christie wurde daraufhin an einen Baum gebunden und erdrosselt.

Alles geschah sehr rasch, aber nicht so rasch, daß Jackie keine Möglichkeit gehabt hätte, Orville einen letzten Kuß zu geben. Als sie von einem jüngeren Farmer, der besser genährt schien als die Mehrheit, roh von ihm fortgezerrt wurde, lächelte sie das besondere, bittersüße Lächeln, das für genau solche Gelegenheiten reserviert war.

5

Lady steckte Blossom an diesem Abend ins Bett, als wäre sie immer noch ihr kleines Mädchen. Schließlich war sie erst dreizehn. Draußen waren die Männer immer noch beim Abschlachten der Gefangenen. Es war eine schreckliche Sache. Wenn sie nur ihre Ohren dagegen hätte verschließen können.

»Ich wünschte, sie würden das nicht tun müssen, Mutter«, flüsterte Blossom.

»Es ist notwendig, Kind – ein notwendiges Übel. Diese Leute hätten nicht gezögert, uns zu töten. Ist dir warm unter dieser dünnen Decke?«

»Aber warum beerdigen wir sie nicht einfach?«

»Dein Vater weiß schon, was er tut, Blossom. Ich bin sicher, daß es ihn bekümmert, dies zu tun. Ich erinnere mich, daß dein Bruder Buddy« – Lady bezeichnete ihren Stiefsohn immer als Blossoms und Neils Bruder, obwohl dies bestenfalls eine Halbwahrheit war, und sie stolperte über das Wort – »einmal genauso fühlte wie du.«

»Er war heute nicht dabei. Ich fragte Maryann. Sie sagte, er sei auf das westliche Feld hinausgegangen.«

»Um es gegen andere Marodeure zu bewachen, die kommen könnten.« Die Geräusche von draußen durchdrangen die Wand aus leichtem Flechtwerk. Lady wischte eine graue Haarsträhne aus dem Gesicht und versuchte eine strenge Miene aufzusetzen. »Ich muß jetzt arbeiten, Kind.«

»Würdest du mir das Licht dalassen?«

Blossom wußte, daß kein Öl nutzlos verbrannt werden durfte – nicht einmal dieses Öl, das aus der Pflanze gewonnen worden war. Sie wollte nur sehen, wie weit sie gehen konnte. »Ja«, sagte ihre Mutter, denn es war kein gewöhnlicher Abend, »aber dreh die Flamme klein.«

Bevor sie den Mattenvorhang herunterließ, der Blossoms Bett vom Rest des Gemeinschaftsraums abteilte, fragte sie, ob Blossom ihr Abendgebet verrichtet habe.

»Oh, Mutter!«

Lady schloß den Mattenvorhang und ging hinaus, ohne den Protest ihrer Tochter zu beantworten oder zu tadeln. Ihr Mann hätte darin ohne Zweifel eine strafwürdige Pietätlosigkeit gesehen.

Lady konnte nicht umhin, darüber erfreut zu sein, daß Blossom nicht so leicht zu beeindrucken war, um ihres Vaters grimmigen Calvinismus allzu bereitwillig zu übernehmen. Wenn man sich wie ein Ungläubiger benehmen mußte, dachte Lady, war es schiere Heuchelei, sich als Christ auszugeben. Tatsächlich war sie sehr im Zweifel, ob der Gott, zu dem ihr Mann betete, wirklich existierte. Wenn es ihn gab, warum zu ihm beten? Er hatte seine Wahl vor Äonen getroffen. Er war wie die alten aztekischen Götter, die Blutopfer auf ihren Steinaltären verlangt hatten. Ein eifersüchtiger, rachsüchtiger Gott; ein Gott für Primitive; ein blutiger Gott. Was war das für ein Bibeltext gewesen, den Anderson letzten Sonntag gewählt hatte? Einer von den geringeren Propheten. Lady durchblätterte die Seiten der großen Bibel ihres Mannes. Da war es, bei Nahum, 1. Kapitel: »Ein eifersüchtiger Gott, ein Rächer ist der Herr, der Herr ein Rächer voller Grimm. Rache an seinen Feinden nimmt der Herr; er trägt es seinen Gegnern nach.« Ja, das war ganz und gar sein Gott!

Als ihre Mutter die Matte heruntergelassen hatte, kroch Blossom aus dem Bett und sagte gehorsam ihr Nachtgebet auf. Sie betete, daß die Ernte gut werde, daß die nächsten Marodeure glücklicher sein und entkommen würden. Als sie sich wieder ins Bett kuschelte, wurden diese formalen Bitten von Wunschträumen abgelöst, und sie sehnte sich nach Dingen, die es nicht mehr gab, und nie wieder geben würde.

Ein Geräusch weckte sie. Die Lampe gab noch immer ein wenig Licht. »Was ist los?« fragte sie schläfrig.

Ihr Bruder Neil stand am Fußende ihres Bettes. Sein Gesicht war seltsam leer. Sein Mund stand offen; sein Kinn hing schlaff herab. Er schien sie zu sehen, aber sie konnte den Ausdruck in seinen Augen nicht deuten.

»Was ist?« fragte sie nochmal.

Er antwortete nicht. Er regte sich nicht. Er trug die zerrissene Arbeitshose, die er den ganzen Tag getragen hatte, und es war Blut daran.

»Hau ab, Neil. Warum weckst du mich auf? Was willst du?«

Seine Lippen bewegten sich wie im Schlaf, und seine rechte Hand machte mehrere Gesten, die die unausgesprochenen Worte seines Traums betonten. Blossom zog ihre dünne Decke ans Kinn und setzte sich im Bett auf. Obwohl sie ihm nur ein wenig lauter sagen wollte, daß er verschwinden sollte, kam es wie ein Schrei.

Lady hatte einen leichten Schlaf, und Blossom brauchte ihren Schrei nicht zu wiederholen. »Was ist, hast du Alpträume? Meine Güte – Neil! Was tust du hier? Neil!«

»Er gibt keine Antwort, Mutter. Er steht bloß da und antwortet nicht.«

Lady packte ihren ältesten Sohn an den Schultern und schüttelte ihn grob. Seine Augen schienen nun weniger geistesabwesend zu starren. »Hah?« murmelte er.

»Neil, du gehst jetzt zu Greta, hast du gehört? Greta wartet auf dich.«

»Hah?«

»Nun geh schon.«

Sie hatte ihn bereits vom Bett fortgezogen und ließ die Matte herunter. Eine Weile verging, bis sie Neil zur Tür hinausgeschoben hatte, dann kehrte sie zu der zitternden Blossom zurück.

»Was wollte er? Warum ist er hier hereingekommen?«

»Was heute abend geschehen ist, hat ihn durcheinandergebracht, Kind. Alle sind nervös. Dein Vater ist zu einem Spaziergang fortgegangen und noch nicht zurück. Es sind nur die Nerven.«

»Aber warum ist er ...«

»Wer weiß, warum wir in unseren Träumen die Dinge tun, die wir tun? Nun solltest du dich aber wieder schlafen legen. Hab deine eigenen Träume. Und morgen ...«

»Aber ich verstehe nicht.«

»Neil versteht es auch nicht. Bestimmt weiß er morgen nicht einmal, daß er hier gewesen ist. Und kein Wort davon zu deinem Vater, hast du verstanden? Dein Vater ist in letzter Zeit leicht erregbar, und es ist am besten, wir behalten es für uns. Es muß unter uns bleiben, versprichst du mir das?«

Blossom nickte. Lady deckte sie zu und strich ihr übers Haar, dann ging sie zu ihrem Bett zurück und wartete auf die Rückkehr ihres Mannes. Sie wartete bis der Morgen graute, bis die Männer alle Marodeure geschlachtet und verarbeitet hatten.

Erwachen war Schmerz. Bewußtsein war Bewußtsein von Schmerz. Bewegung war schmerzhaft. Es war schmerzhaft zu atmen.

Durch den Schmerz gingen Frauengestalten ein und aus – eine alte Frau, ein Mädchen, eine schöne Frau und eine sehr alte Frau. Die schöne Frau war Jackie, und da Jackie tot war, wußte er, daß er Halluzinationen hatte. Die sehr alte Frau war die Krankenschwester, Alice Nemerov. Wenn sie kam, war es schmerzhafter als sonst, also wußte er, daß sie wirklich sein mußte. Sie bewegte seine Arme, und, was schlimmer war, sein Bein. Laß das, dachte er. Manchmal schrie er. Er haßte sie, weil sie lebendig war, oder weil sie seine Schmerzen verursachte. Auch er war lebendig, wie es schien. Würde er andernfalls diese Schmerzen fühlen? Oder waren es die Schmerzen, die ihn am Leben erhielten? Gelegentlich konnte er schlafen. Dann hatte er Ruhe.

Ach, Jackie! Jackie! Jackie!

Bald war das Denken schmerzhafter als alles andere, selbst als Bewegungen seines Beins. Er lag da, während die drei Frauen kamen und gingen – die alte Frau, das Mädchen und die sehr alte Frau –, und er dachte nach.

Das Mädchen sprach ihn an.

»Hallo«, sagte es, »wie fühlen Sie sich heute? Können Sie dies essen? Wenn Sie Ihren Mund nicht aufmachen, können Sie nichts essen. Wollen Sie Ihren Mund nicht öffnen? Nur ein wenig? So – ja, das ist fein. Sie heißen Orville, nicht wahr? Ich bin Blossom. Alice hat uns von ihnen erzählt. Sie sind Bergbauingenieur. Das muß sehr interessant sein. Ich bin mal in einer Höhle gewesen, aber nie in einem Bergwerk. Mit der Schule haben wir mal den Eisenerztagebau besichtigt, aber das waren bloß große offene Löcher. Machen Sie den Mund ein bißchen weiter auf, so ist es besser. Das war übrigens der Grund, warum Papa ...« Sie brach ab. »Ich sollte nicht soviel reden. Wenn Sie sich besser fühlen, können wir längere Gespräche führen.«

»Das ist der Grund für was?« fragte er. Essen war noch schmerzhafter als sprechen.

»Deshalb sagte Papa, daß Sie ... daß Sie nicht ... ich meine, Sie und Miß Nemerov sind am Leben, aber wir mußten ...«

»Töten.«

»Ja, wir mußten, alle anderen.«

»Auch die Frauen?«

»Aber sehen Sie, wir mußten. Papa kann es besser erklären als ich, aber wenn wir es nicht getan hätten, dann wären die anderen zurückgekommen, ein ganzer Haufen von ihnen, und sie sind sehr hungrig, und wir haben selbst nicht genug zu essen. Unsere Tiere sind verbrannt. Der Winter wird kalt. Sie werden das verstehen, nicht wahr?«

Einige Tage lang sagte er überhaupt nichts mehr.

Es war, als habe er diese ganze Zeit nur für Jackie gelebt, aber nun, nach ihrem Tod, gab es für ihn keine Notwendigkeit mehr, weiterzuleben. Er hatte nur noch Verlangen nach Schlaf. Als sie am Leben gewesen war, hatte er nicht gewußt, daß sie ihm so viel bedeutete, daß irgendetwas ihm so viel bedeuten konnte. Er hatte das Maß seiner Liebe niemals ausgelotet. Er hätte mit ihr sterben sollen; er hatte es versucht. Nur die Schmerzen der Erinnerung konnten den Schmerz des Kummers lindern, doch nichts konnte die Schmerzen der Erinnerung lindern.

Er wollte sterben. Er sagte es Alice Nemerov.

»Geben Sie acht, was Sie sagen«, riet sie ihm, »oder man wird Ihnen den Gefallen tun. Man vertraut uns nicht. Wir sollten nicht mal miteinander reden, sonst denken sie, wir planten etwas. Und Sie sollten sich lieber Mühe geben, wieder gesund zu werden. Essen Sie mehr. Die Leute hier sehen es nicht gern, wenn Sie herumliegen und nicht arbeiten. Sie wissen, was Ihr Leben rettete, nicht wahr? Ich tat es. Es war eine verdammte Torheit von Ihnen, sich das Bein brechen zu lassen? Sie wollten bloß Ihren Beruf wissen? Warum wollten Sie nicht reden?«

»Jackie, war sie ...«

»Für sie war es nicht anders als für den Rest. Wir sind Kannibalen in die Hände gefallen. Wir können's nicht ändern. Aber Sie müssen Jackie aus Ihren Gedanken verbannen. Das ist vorbei. Schätzen Sie sich glücklich, noch am Leben zu sein. Punktum!«

»Das Mädchen, das mir das Essen bringt — wer ist das?«

»Andersons Tochter. Er ist hier der Anführer. Der sehnige Alte mit dem fanatischen Blick. Nehmen Sie sich vor ihm in acht. Er ist ein übler Fanatiker. Und vor seinem Sohn, dem großen, diesem Neil. Der ist noch schlimmer. Ein Sadist.«

»Ich erinnere mich an ihn. Ich erinnere mich an seine Augen.«

»Aber die meisten Leute hier sind nicht anders als Sie und ich. Der einzige Unterschied ist der, daß sie organisiert sind. Es sind keine schlechten Menschen. Sie tun nur, was sie tun müssen. Lady, zum Beispiel, Blossoms Mutter, ist eine feine Frau. Ich muß jetzt gehen.«

»Können Sie nicht mehr als das essen?« schalt ihn Blossom. »Sie müssen wieder zu Kräften kommen.«

Er nahm den Löffel wieder in die Hand.

»So ist es besser.« Sie lächelte. Ihre sommersprossigen Wangen hatten tiefe Grübchen, wenn sie lächelte.

»Wo bin ich hier? Lebt nur deine Familie hier?«

»Es ist der Gemeinschaftsraum. Wir haben ihn nur für den Sommer, weil Papa der Bürgermeister ist. Später, wenn es kalt wird, zieht das ganze Dorf hier ein. Es ist ein großes Haus, größer als Sie von hier aus sehen können. Aber trotzdem gibt es ein Gedränge, wenn alle drin sind. Wir sind zweihundertsechsundvierzig, achtundvierzig mit Ihnen und Alice. Glauben Sie, daß Sie morgen einen Gehversuch machen können? Buddy, er ist mein Bruder, mein anderer Bruder, hat eine Krücke für Sie gemacht. Sie werden ihn mögen. Wenn Sie wieder gesund sind, werden Sie sich besser fühlen — ich meine, Sie werden glücklicher sein. Wir sind nicht so schlecht wie Sie denken. Wir sind Kongregationalisten. Was sind Sie?«

»Ich bin keiner.«

»Dann können Sie sich uns anschließen. Es wird Ihnen nicht schwerfallen. Aber wir haben keinen richtigen Pfarrer mehr, seit Reverend Pastern tot ist. Er war der Vater meiner Schwägerin, Greta. Sie haben sie gesehen. Sie ist eine Schönheit. Papa war immer wichtig in der Kirche, und als der Reverend starb, wurde er sein Nachfolger. Er kann gut predigen, Sie werden sich wundern. Er ist wirklich ein sehr religiöser Mann.«

»Dein Vater? Ich würde mir gern eine von diesen Predigten anhören.«

»Ich weiß, was Sie denken, Mr. Orville. Weil das mit den anderen gemacht wurde, denken Sie, daß Papa schlecht sei. Aber er ist nicht mit Absicht grausam. Er tut nur, was er tun muß. Was er tat, war ein — ein notwendiges Übel. Sie wollen nichts mehr essen? Versuchen Sie es. Ich werde Ihnen eine Geschichte über Papa erzählen, und dann werden Sie sehen, daß Sie nicht fair zu ihm sind. Im letzten Sommer, es war Ende Juni, brach der Bulle aus und rannte den Kühen nach. Jimmy Lee — das war sein jüngster Sohn — lief hinter den Tieren her. Jimmy Lee war Papas Benjamin und Liebling. Papa hielt sehr viel von Jimmy Lee, obwohl er versuchte, es vor uns anderen nicht zu zeigen. Als er Jimmy Lee und die Kühe fand, waren sie alle verbrannt, genau wie es in Duluth passiert ist, wie wir hörten. Nicht mal eine Leiche blieb übrig, die sie nach Haus hätten tragen können. Nur Asche. Papa verlor vor Kummer beinahe den Verstand. Er rieb sich die Asche seines Sohns ins Gesicht und weinte. Dann versuchte er sich zu benehmen, als ob nichts geschehen wäre. Aber später an dem Abend brach er wieder zusammen, weinte und schluchzte und dann ging er allein zu dem Grab, in das sie Jimmy Lees Asche getan hatten, und dort saß er zwei Tage lang, ohne sich vom Fleck zu rühren. Er hat sehr tiefe Gefühle, aber die meiste Zeit läßt er sie nicht sehen.«

»Und Neil? Ist er genauso?«

»Wie meinen Sie das? Neil ist mein Bruder.«

»Er war derjenige, der mir an jenem Abend die Fragen stellte. Und anderen Leuten, die ich kannte. Ist er auch so gefühlvoll und religiös wie dein Vater?«

»Ich weiß nichts von jener Nacht. Ich war nicht dabei. Sie müssen jetzt ausruhen. Denken Sie darüber nach, was ich Ihnen erzählt habe. Und Mr. Orville, versuchen Sie, diesen Abend zu vergessen.«

Allmählich wuchs in ihm der Wille und das Verlangen zu überleben, aber anders als jedes Verlangen, das er bis dahin gekannt hatte, war dies ein krebsartiges Wachstum, und die Kraft, die es seinem Körper verlieh, war die Kraft des Hasses. Ihn verlangte nicht nach dem Leben, sondern nach Rache: für Jackies Tod, für seine eigenen Qualen, für diese grauenhafte Nacht.

Rächer waren ihm nie besonders sympathisch gewesen. Das Phänomen der Blutrache und ihre Begründung waren ihm immer ziemlich unwahrscheinlich vorgekommen, opernhaft und melodramatisch, so daß er zuerst überrascht war, daß seine Gedanken so ausschließlich von einem Thema beherrscht wurden: Andersons Tod, Andersons Todesqualen, Andersons Demütigung.

Anfangs gab seine Fantasie sich damit zufrieden, Todesarten für den alten Mann zu ersinnen; dann, als seine Kräfte wuchsen, wurden diese Tode mit Folterungen ausgeschmückt, die den Tod schließlich ganz verdrängten. Folterungen konnten in die Länge gezogen werden, während der Tod nichts als ein Ende war.

Aber Orville, der selbst von der bittersten Galle gekostet hatte, wußte, daß es eine Grenze gab, jenseits derer Schmerzen nicht mehr verstärkt werden können. Er wünschte Anderson die Leiden Hiobs. Er wollte Asche in das graue Haar des Mannes schütten, seinen Geist zermalmen, ihn ruinieren. Erst dann würde er Anderson wissen lassen, daß er, Jeremiah Orville, das Werkzeug seiner Demütigung gewesen war.

Und als Blossom ihm erzählte, wie sich der alte Mann um Jimmy Lee gegrämt hatte, wurde ihm klar, was er zu tun hatte.

Blossom und Orville waren die ganze Strecke zum Maisfeld miteinander gegangen. Sein Bein war geheilt, aber er würde wahrscheinlich sein Leben lang hinken.

»Und das ist der Mais, der uns den ganzen Winter reichen soll?« fragte er.

»Es ist mehr als wir brauchen. Viel davon war für die Kühe gedacht.«

»Wahrscheinlich würdest du mit den anderen draußen sein bei der Ernte, wenn ich nicht wäre.« Es war Brauch, daß die alten Frauen und die jüngeren Mädchen während der Erntezeit die Pflichten im Dorf übernahmen, während die Frauen mittleren Alters mit den Männern auf die Felder hinausgingen.

»Nein, ich bin noch nicht alt genug dazu.«

»Oh, komm schon. Du bist doch bestimmt schon fünfzehn.«

Blossom kicherte. »Das sagen Sie nur so. Ich bin dreizehn. Erst am 31. Januar werde ich vierzehn.«

»Für dreizehn bist du sehr gut entwickelt.«

Sie errötete. »Wie alt sind Sie?« fragte sie.

»Fünfunddreißig.« Es war eine Lüge, aber er wußte, daß er damit durchkam. Vor sieben Jahren, als er fünfunddreißig gewesen war, hatte er älter ausgesehen als jetzt.

»Ich bin jung genug, Ihre Tochter zu sein, Mr. Orville.«

»Andererseits, Miß Anderson, sind Sie beinahe alt genug, meine Frau zu sein.«

Diesmal errötete sie heftiger und würde ihn verlassen haben, hätte er sie nicht als Stütze gebraucht. Dies war der weiteste Weg, den er bisher aus eigener Kraft gegangen war. Sie blieb stehen, damit er ausruhen konnte.

Sah man von der Tatsache ab, daß der Mais für die Ernte reif war, gab es keine Anzeichen für das Kommen des Herbstes. Die Pflanzen wechselten nicht ihre Farbe mit den Jahreszeiten. Die Luft enthielt keine Spur von der Würze des Herbstes. Die morgendliche Kälte war eine charakterlose Kälte. Später, wenn es schneite, rollten die Pflanzen einfach ihre Blätter ein, wodurch der Schnee auf die Erde fiel.

»Es ist schön hier draußen auf dem Land«, sagte Orville.

»Oh ja. Ich finde es auch.«

»Hast du dein ganzes Leben hier verbracht?«

»Ja, hier und im alten Dorf.« Sie warf ihm einen scheuen Seitenblick zu. »Sie fühlen sich jetzt besser, nicht wahr?«

»Ja, es ist großartig, am Leben zu sein.«

»Das freut mich. Ich bin froh, daß Sie wieder gesund sind.« Nun ergriff sie seine Hand. Er antwortete mit einem leichten Druck. Sie kicherte vor Vergnügen.

Dies also schien das letzte Stadium seiner jahrelangen Rückentwicklung zum Primitiven zu sein. Orville konnte sich keine gemeinere Tat ausdenken, und ihre Niedrigkeit erhöhte nur die Leidenschaft, die in ihm wuchs. Reine Rache verlangte jetzt mehr als nur Anderson, mehr als die gesamte Familie des Mannes. Sie forderte die ganze Gemeinde. Und Zeit, ihre Auslöschung zu genießen. Er mußte jeden Tropfen Agonie aus ihnen wringen, aus jedem von ihnen; er mußte sie allmählich bis zur Grenze ihrer Leidensfähigkeit treiben und sie erst dann über den Rand stoßen.

Blossom wälzte sich im Schlaf herum, und ihre Hände packten das mit Maisblättern gestopfte Kissen. Ihr Mund öffnete und schloß sich, öffnete und schloß sich, und Schweißperlen erschienen auf ihrer Stirn. Auf ihrer Brust lastete ein Gewicht, als presse sie jemand mit schweren Stiefeln in die Erde. Er war im Begriff, sie zu küssen. Als er den Mund öffnete, sah sie das Schneckengewinde einer Fleischmaschine sich darin drehen, und Stränge aus zermalmtem Menschenfleisch quollen heraus.

6

Am Himmel ballten sich düstere Wolken zusammen. Die Erde war trocken, kahl, grau; kein Gras, keine Bäume wuchsen hier, nur die Pflanzen, deren riesige Blätter in Erwartung des nahen Winters wie Regenschirme eingerollt waren. Das stumpfe herbstliche Licht verdichtete sich zuweilen, und manchmal fegte eine eisige Brise durch den Park und wirbelte Staub auf. Die Leute, die auf den kalten Bänken an den Picknicktischen aus Beton saßen, hauchten sich in die Hände und wünschten sich sehnlichst, daß Anderson sein Dankgebet bald beenden würde.

Gegenüber dem Park stand das, was von der Kirche der Kongregationalisten übriggeblieben war. Anderson hatte nicht erlaubt, daß seine Leute das Holz von der Kirche verwendeten, aber im letzten Winter hatten Marodeure die Türen zu Brennholz gemacht und die Fenster eingeschlagen. Der Wind hatte die Kirche mit Schnee und Staub gefüllt, und im Frühjahr war der eichene Boden mit einem dünnen grünen Teppich junger Pflanzen bedeckt gewesen. Glücklicherweise hatte man es rechtzeitig entdeckt, aber auch so würde der Boden, der von der ständigen Feuchtigkeit bereits zu faulen begann, bald unter seinem eigenen Gewicht zerfallen.

Buddy, der seinen einzigen Anzug trug, den er noch besaß, fröstelte, als das Gebet sich länger und länger hinzog. Anderson, der am Kopfende des Tisches stand, trug anläßlich des Erntedankfestes ebenfalls einen Anzug, aber Neil, der zur Linken seines Vaters und Buddy gegenüber saß, hatte niemals einen Anzug besessen. Er war mit einem wollenen Hemd und einem Pullover unter der blauen Arbeitsjacke beneidenswert warm eingepackt.

Es war ein Brauch der Dorfbewohner, alle Feste des Jahres außer Weihnachten hier im ehemaligen Park vor der Kirche zu feiern. Wie so viele von den unangenehmen und entmutigenden Dingen, die sie tun mußten, war auch dies notwendig für ihre Moral.

Anderson, nachdem er des langen und breiten das Prinzip erläutert hatte, nach dem der allmächtige Gott für die vielfachen Segnungen verantwortlich sei, die ihnen zuteil geworden waren, begann sie aufzuzählen. Die wichtigste dieser Segnungen wurde niemals direkt erwähnt; nämlich daß sie nach siebeneinhalb Jahren immer noch am Leben waren, während so viele andere umgekommen waren. Dafür ging Anderson um so ausführlicher auf die mehr peripheren Segnungen ein, die das ablaufende Jahr ausgezeichnet hatten: die gute Ernte, Gracies im zehnten Monat ihrer Trächtigkeit anhaltend gute Gesundheit (ohne Hinweis auf die eingetretenen Verluste), die zwei Würfe von Schweinen, die es in diesem Jahr gegeben hatte, und die Beute, die von den Jägern heimgebracht worden war. Unglücklicherweise war diese sehr gering gewesen (eine Hirschkuh und ein paar magere Kaninchen), und eine verdrießliche, scheltende Note schlich sich in das Gebet ein. Doch bald hatte Anderson sich gefangen und kam zu einem anmutigen Schluß, indem er dem Schöpfer für den Reichtum seiner Schöpfung und seinem Erlöser für das Versprechen der Erlösung dankte.

Orville antwortete als erster. Sein »Amen« klang andächtig und männlich. Neil murmelte etwas Unverständliches und griff nach dem Krug mit Whisky (sie nannten es Whisky), der immer noch dreiviertelvoll war.

Lady und Blossom, die an einem Tisch neben der gemauerten Feuerstelle saßen, begannen die Suppe aufzutragen. Sie enthielt Fasern von Kaninchenfleisch und war mit Algen aus dem See gewürzt.

»Langt nur zu!« sagte sie munter. »Es kommt noch viel nach.«

Was konnte man zum Erntedankfest mehr verlangen? Da es ein wichtiger Feiertag war, war die ganze Familie zusammengekommen. Außer den sieben Andersons war Mae, Ladys jüngere Schwester, mit ihrem Mann Joel Stromberg und den Kindern Denny und Dora, zehn und acht Jahre alt, erschienen. Dazu waren die besonderen Gäste der Andersons (noch auf Bewährung) Alice Nemerov und Jeremiah Orville mit von der Partie.

Lady konnte nicht umhin, die Anwesenheit der Strombergs zu bedauern, denn sie war überzeugt, daß Denny und Dora ihren Mann nur noch mehr an den erinnern würden, der nicht mehr unter ihnen weilte. Hinzu kam, daß die Jahre mit ihrer Schwester nicht gnädig umgegangen waren. In ihrer Jugend war Mae als eine Schönheit bewundert worden, aber mit fünfundvierzig war sie eine alte Schachtel und eine lästige Klatschbase. Sie hatte noch immer ihr schönes brandrotes Haar, aber das machte den Verfall ihrer übrigen Erscheinung nur noch deutlicher. Die einzige Tugend, die ihr geblieben war, bestand darin, daß sie eine fürsorgliche Mutter war. Zu fürsorglich, dachte Lady.

Lady hatte diese Feiertage schon immer gehaßt. Nun, wo es nicht einmal mehr zur rituellen Fresserei eines feiertäglichen Truthahnbratens reichte, um den Trübsinn zu lindern, der dicht unter der Festtagsmunterkeit lag, blieb einem nur die Hoffnung, es so schnell wie möglich hinter sich zu bringen. Sie war schon dankbar, mit dem Servieren beschäftigt zu sein. Wenn sie es umständlich genug machte, würde ihr vielleicht sogar die Teilnahme an der Mahlzeit erspart bleiben.

»Neil«, wisperte Greta, »du trinkst zuviel. Du solltest lieber aufhören.«

»Was?« erwiderte Neil, vom Teller aufblickend.

»Du trinkst zuviel.«

»Ich hab überhaupt nicht getrunken, zum Teufel!« sagte er, daß alle am Tisch es hören konnten. »Ich hab meine Suppe gegessen.«

Greta blickte resigniert zum Himmel auf. Buddy lächelte über die Durchsichtigkeit ihrer Absicht, und sie fing sein Lächeln auf und beantwortete es mit einem verstohlenen Zwinkern.

»Und in jedem Fall ist es nicht deine Sache, wieviel ich trinke oder nicht trinke. Ich trinke soviel wie ich will.«

Um dies zu demonstrieren, schenkte er sich noch ein Glas von dem Schnaps ein, den sie aus den zu Brei zerquetschten Blättern der Pflanzen destilliert hatten.

Das Zeug schmeckte scheußlich süß, aber Orville konnte nach seinen eigenen Erfahrungen, die er in Duluth damit gemacht hatte, für die Reinheit bürgen. Es war die erste Verwendungsmöglichkeit der Pflanzen als Nahrungsmittel, die sie bisher hatten finden können, und da Anderson keineswegs ein Abstinenzler war, hatte er dem Projekt seinen Segen gegeben. Nur machte er sich Sorgen über die Art und Weise, wie Neil den Schnaps in sich hineinschüttete, aber er sagte nichts, weil es nicht so aussehen sollte, als ergreife er für Greta Partei. Anderson glaubte fest an die Vorherrschaft des Mannes.

»Will noch jemand Suppe?« fragte Blossom.

»Ich«, sagte Maryann, die zwischen ihrem Mann und Orville saß. Sie aß jetzt alles, was sie kriegen konnte, dem Baby zuliebe. Für ihren kleinen Buddy.

»Ich auch«, sagte Orville.

»Und wir auch«, sagten Denny und Dora, deren Eltern ihnen eingeschärft hatten, bei dieser von Anderson spendierten Mahlzeit soviel zu essen wie sie konnten.

»Sonst noch jemand?«

Alle anderen hatten sich wieder dem Whisky zugewandt, der unangenehm nach Süßholz schmeckte.

Joel Stromberg beschrieb Alice Nemerov das Fortschreiten seiner Krankheit. »Und es tut nicht wirklich weh – das ist das Komische daran. Es ist bloß, daß meine Hände anfangen zu zittern, wann immer ich sie gebrauchen will. Und nun geht es auch mit dem Kopf los. Irgendwas muß geschehen.«

»Aber ich fürchte, Mr. Stromberg, daß wir da nichts machen können. Es pflegte einige Medikamente dagegen zu geben, aber auch die wirkten nicht sehr gut. Sechs Monate, und die Symptome kamen wieder zum Vorschein. Glücklicherweise schmerzt es nicht, wie Sie sagen.«

»Sie sind doch Krankenschwester, nicht wahr?«

Also einer von denen! Sehr sorgfältig begann sie alles zu erzählen, was sie über Schüttellähmung wußte, und dazu ein paar Dinge, über die sie nichts wußte. Wenn sie nur noch jemand in die Konversation einbeziehen könnte! Der einzige in der Nähe war der gierige Stromberg-Junge, der ständig an dem Glas mit diesem widerwärtigen Schnaps nippte, das neben Ladys leerem Teller stand. Wenn Lady oder Blossom nur endlich aufhören würden, das Essen zu servieren, und sich einen Augenblick setzten, dann könnte sie dem unleidlichen Hypochonder entkommen. »Sagen Sie«, fragte sie, »wann hat es damit angefangen?«

Die Fische waren alle gegessen, und Blossom begann die Teller abzuräumen. Der Moment, auf den alle gewartet hatten — der schreckliche Augenblick des Hauptgangs —, konnte nicht länger hinausgeschoben werden. Während Blossom die Schale mit dampfender Polenta herumtrug, in der einige Fetzen Hühnerfleisch verrührt waren, teilte Lady die Würste aus. Jede war ungefähr fünfundzwanzig Zentimeter lang und drei Zentimeter dick. Sie waren über dem Feuer gegrillt worden und kamen brutzelnd auf den Tisch. Beklemmende Stille herrschte plötzlich rundum.

Es ist auch etwas Schweinefleisch drin, sagte sich Alice. Wahrscheinlich werde ich den Unterschied gar nicht merken.

Aller Aufmerksamkeit richtete sich auf das Kopfende des Tisches. Anderson hob Messer und Gabel. Dann, im Bewußtsein der schrecklichen Feierlichkeit des Augenblicks, schnitt er ein Stück von der heißen Wurst ab, steckte es in den Mund und begann zu kauen. Nach einer Pause, die Minuten zu dauern schien, schluckte er es hinunter.

Gütiger Himmel . . . , dachte Alice.

Blossom war blaß geworden, und Alice griff unter dem Tisch nach ihrer Hand, um ihr Kraft zu verleihen, obwohl sie in diesem Moment selbst nicht übermäßig viel davon hatte.

»Worauf wartet ihr?« grollte Anderson.

Alice blickte zu Orville hinüber, der mit Messer und Gabel in den Händen dasaß und dieses seltsame Lächeln auf den Lippen hatte. Er bemerkte Alices Blick – und zwinkerte ihr zu. Ausgerechnet er! Der Mann hatte Nerven!

Orville schnitt ein Stück von der Wurst ab und kaute es prüfend, dann lächelte er strahlend. »Mrs. Anderson«, verkündete er, »Sie sind eine fabelhafte Köchin. Wie machen Sie das nur? So ein Festessen habe ich seit Gott weiß wie langer Zeit nicht gehabt.«

Alice fühlte, wie Blossoms Finger sich entspannten und ihrer Hand entzogen. Sie fühlt sich besser, nun, da das Schlimmste vorbei ist, dachte Alice. Aber sie irrte sich. Plötzlich hörte man ein dumpfes Geräusch, und Mae Stromberg schrie. Blossom war ohnmächtig geworden.

Er, Buddy, würde es nicht zugelassen, geschweige denn veranlaßt und darauf bestanden haben, aber andererseits würde er, Buddy, wahrscheinlich auch nicht imstande gewesen sein, das Dorf durch diese sieben höllischen Jahre zu bringen. So primitiv, heidnisch und unerhört es war, es gab eine vernunftmäßige Erklärung dafür: *Es*. Sie scheuten sich alle, *es* beim Namen zu nennen. Selbst Buddy, in der unverletzlichen Zurückgezogenheit seiner eigenen Gedanken, vermied tunlichst die Bezeichnung dafür.

Ausweglose Not hätte eine Rechtfertigung sein können. Es gab Präzedenzfälle zu allen Zeiten, hauptsächlich unter Schiffbrüchigen, und Buddy hätte sich damit als Entschuldigung zufrieden geben können – wenn sie am Verhungern gewesen wären.

Konnte man sich nicht auf eine akute Notlage berufen, wurden die Erklärungen kompliziert und metaphysisch. So wurde die Gemeinschaft, metaphysisch gesehen, durch dieses Mahl vereint – in ihrer Komplizenschaft an einem Massenmord war; und diese Komplizenschaft wurde durch ein so feierliches Ritual besiegelt. Nacktes Entsetzen wurde zur Tragödie erhöht, und die gemeinsame Mahlzeit zum Erntedankfest war Verbrechen und Buße in einem. Der alte Anderson hatte es zum Sakrament stilisiert.

Soweit die Theorie, doch Buddy fühlte in seinem Herzen nichts als Entsetzen, und in seinem Magen nichts als Übelkeit.

Er spülte den gräßlichen Bissen mit dem nach Lakritze schmeckenden Alkohol hinunter, um sich nicht am Tisch zu übergeben.

Als Neil, demonstrativ eine zweite Wurst hinuntergeschlungen hatte, erzählte er einen dreckigen Witz, den einzigen, den er kannte. Bis auf Orville und Alice hatten sie alle denselben Witz schon letztes Jahr zum Erntedankfest von ihm gehört. Orville war der einzige, der darüber lachte, was es schlimmer statt besser machte.

»Wo zum Teufel ist der Hirsch?« brüllte Neil.

»Wovon redest du?« fragte sein Vater. Wenn Anderson trank (und heute hielt er beinahe mit Neil Schritt), wurde er tückisch und versank in finsteres Brüten. In seiner Jugend hatte er den Ruf gehabt, nach seinem achten oder neunten Bier gewalttätig zu werden.

»Die Hirschkuh, in Gottes Namen! Die Hirschkuh, die ich neulich schoß! Was zum Teufel ist das für ein Erntedankfest?«

»Neil«, tadelte ihn Greta, »du weißt, daß wir für den Winter Fleisch einsalzen müssen. Es wird ohnehin wenig genug geben.«

»Nun, wo sind die anderen Hirsche? Vor drei Jahren wimmelten diese Wälter von den Biestern.«

»Das habe ich mich auch schon gefragt«, sagte Orville. »Überleben ist eine Frage der Ökologie, eine Frage der Art und Weise, wie die verschiedenen Pflanzen und Tiere in einem natürlich ausgeglichenen Zustand zusammenleben. Mit anderen Worten: Ökologie ist die Frage, wer wen ißt. Der Hirsch — und so ziemlich alles andere, fürchte ich — ist im Aussterben begriffen.«

»Gott wird sorgen«, murmelte Anderson geheimnisvoll.

»Ja, das ist unsere einzige Hoffnung, denn die Natur allein wird es nicht tun. Bedenken wir nur, was mit dem Erdboden geschehen ist. Dies war einmal humusreicher Waldboden. Sehen Sie sich an, was daraus geworden ist ...« Er bückte sich und nahm eine Handvoll von dem grauen Staub. »Tot. Da es keine Gräser und Sträucher mehr gibt, die die Krume festhalten, wird die gesamte Humusschicht in ein paar Jahren im See sein. Gesunder Erdboden ist ein lebendiges Wesen. Er ist voll von Insekten, Würmern, Bakterien — ich weiß nicht, was alles.«

»Maulwürfe«, warf Neil ein.

»Ah, Maulwürfe!« sagte Orville, als wäre das der fehlende Beweis. »Und all diese kleinen Tiere und Lebewesen ernähren sich von den verfaulenden Pflanzen und Blättern im Boden — oder voneinander, wie wir es tun. Sie haben wahrscheinlich bemerkt, daß die Pflanzen ihre Blätter nicht abwerfen. Daraus folgt, daß der Boden dort, wo wir ihn nicht düngen und bestellen, allmählich verarmt und abstirbt. Nein, er ist bereits tot. Und wenn der Boden tot ist, dann können unsere Pflanzen nicht mehr darin leben. Nicht wie sie es bisher taten.«

Anderson schnaufte seine Verachtung für eine so groteske Idee.

»Aber Hirsche leben nicht im Boden oder darunter«, wandte Neil ein.

»Richtig — sie sind Pflanzenfresser. Pflanzenfresser brauchen Gras und Laub. Eine Weile werden sie wahrscheinlich von den jungen Schößlingen der Pflanzen gelebt haben, die am Seeufer und anderswo aufgekommen sind. Oder sie können die Rinde von den älteren Pflanzen schälen. Aber entweder war das eine unzureichende Ernährung, oder es gab nicht genug, oder ...«

»Oder was?« fragte Anderson.

»Oder die Wildtiere werden genauso ausgelöscht wie Ihre Kühe im letzten Sommer ausgelöscht wurden. Oder wie Duluth im August ausgelöscht wurde.«

»Das können Sie nicht beweisen«, rief Neil. »Ich habe diese Aschenhaufen in den Wäldern gesehen. Sie beweisen nichts. Überhaupt nichts!« Er tat einen langen Zug aus dem Krug und stand auf, wobei er mit der rechten Hand fuchtelte, um zu beweisen, daß es nicht bewiesen werden konnte. Er stieß beim Aufstehen gegen die Tischkante und fiel auf seinen Sitz zurück; dabei verlor er das Gleichgewicht und stürzte zu Boden, wo er sich ächzend im grauen Staub wälzte. Er hatte sich weh getan. Er war sehr betrunken. Greta schnalzte mißbilligend mit der Zunge und stand vom Tisch auf, um ihrem Mann zu helfen.

»Laß ihn liegen!« befahl Anderson barsch.

»Entschuldige!« rief sie gereizt und mit theatralischer Geste. »Entschuldige, daß ich lebe.«

»Von welchen Aschenhaufen redet er?« fragte Orville Anderson.

»Ich habe keine blasse Ahnung«, sagte der alte Mann. Er nahm einen Schluck aus dem Krug und ließ den Alkohol langsam durch die Kehle rinnen.

Der kleine Denny Stromberg beugte sich über den Tisch und fragte Alice Nemerov, ob sie ihre Wurst nicht aufessen wolle. Sie hatte nur einmal davon abgebissen.

»Ich glaube nicht«, antwortete Alice.

»Kann ich sie haben?« fragte er. Seine blaugrünen Augen glänzten von dem Schnaps, den er während der Mahlzeit stibitzt hatte. »Bitte!«

»Nehmen Sie es Denny nicht übel, Miß Nemerov. Er wollte nicht unhöflich sein.«

»Iß nur«, sagte Alice und schob die kalte Bratwurst von ihrem Teller auf den des Jungen hinüber.

Iß nur und sei verdammt! dachte sie.

Mae Stromberg hatte bemerkt, daß sie dreizehn am Tisch waren. »Einer von uns wird sterben, bevor das Jahr um ist, heißt es«, sagte sie mit einem nervösen kleinen Lachen, in das nur ihr Mann einstimmte. »Nun, ich finde, es wird schrecklich kalt hier«, fügte sie hinzu und hob die Augenbrauen, um zu zeigen, daß sie ihren Worten mehr als eine Bedeutung zumaß. »Aber was kann man Ende November anderes erwarten?«

Niemand schien irgend etwas zu erwarten.

»Mr. Orville, sagen Sie, stammen Sie aus Minnesota? Ich frage wegen Ihres Akzents. Er klingt irgendwie englisch, wenn Sie wissen, was ich meine. Sind Sie Amerikaner?«

»Mae – wirklich!« schalt sie Lady.

»Er redet wirklich komisch, weißt du. Denny hat es auch bemerkt.«

»Wirklich?« Orville starrte aufmerksam in Mae Strombergs Gesicht, als wollte er jedes gekräuselte rote Haar zählen, und dabei zeigte er sein seltsames Lächeln. »Das ist sonderbar. Ich bin in Minneapolis aufgewachsen und habe mein ganzes Leben dort verbracht. Ich nehme an, es ist bloß der Unterschied zwischen der Stadt und dem Land.«

»Und Sie sind mit Leib und Seele ein Stadtmensch, genau wie Buddy. Ich möchte wetten, Sie würden jetzt noch am liebsten dort sein. Ich kenne Ihresgleichen.« Sie zwinkerte liederlich, um anzudeuten, was sie unter seinesgleichen verstand.

»Mae, um Himmels willen ...«

Aber wo es Lady nicht gelang, Mrs. Stromberg zu stoppen, hatte Denny sofort Erfolg. Er kotzte über den ganzen Tisch. Ein Schwall nach dem anderen platschte auf die vier Frauen – Lady, Blossom, Alice, und seine Mutter –, die mit viel Geschrei versuchten vor der Gefahr zu fliehen, die sich von neuem in Dennys Gesicht abzeichnete. Orville konnte sich nicht helfen – er lachte. Glücklicherweise schlossen sich ihm Buddy und die kleine Dora an, deren Mund mit Wurst gefüllt war. Selbst Anderson gab ein Geräusch von sich, das man mit viel gutem Willen als Lachen interpretieren konnte.

Buddy entschuldigte sich, und Orville stand gleichzeitig auf — mit einer kaum wahrnehmbaren Geste in Blossoms Richtung, die das Mädchen jedoch sofort verstand. Stromberg nahm seinen Sohn mit sich in den Wald, aber nicht weit genug, um den anderen die Geräusche seiner Schläge zu ersparen.

Neil war am Boden eingeschlafen.

Maryann, Dora und Anderson blieben allein am Tisch zurück. Maryann hatte den ganzen Tag lang immer wieder geweint. Nun, da sie auch etwas getrunken hatte, fing sie an zu reden: »Ach, ich kann mich noch an die Zeit erinnern . . .«

»Entschuldige mich«, sagte Anderson, verließ den Tisch und nahm den Krug mit sich.

». . . wie es früher war«, fuhr Maryann fort. »Und alles war so schön, damals — der Truthahnbraten und der Kürbiskuchen — und alle waren glücklich . . .«

Nachdem Greta den Tisch verlassen hatte, war sie auf Umwegen zur Kirche gegangen. Bevor sie im dunklen Vorraum verschwand, tauschten sie und Buddy, der sie die ganze Zeit beobachtet hatte, einen Blick aus, und Buddy nickte. Als die Tafelrunde sich auflöste, folgte er ihr.

»Hallo, Fremder!« Anscheinend gefiel ihr diese Anrede so gut, daß sie sie beibehielt.

»Hallo, Greta. Du warst heute in Hochform.«

Im Kirchenvorraum waren sie gegen Sicht von draußen geschützt. Die Bodenbretter waren hier beruhigend solide. Greta legte ihre kalten Hände fest um Buddys Nacken und zog seine Lippen an ihren Mund. Ihre Zungen erneuerten eine alte Bekanntschaft.

Als er sie enger an sich ziehen wollte, wich sie mit leisem Lachen zurück. Nachdem sie ihrem Ziel nahe war, konnte sie es sich leisten, ihn hinzuhalten. Ja, das war die alte Greta.

»Hast du gesehen, wie betrunken Neil war?« kicherte sie. »Stinkbesoffen war er!«

Der Ausdruck in ihren Augen war nicht genau der, an den er sich erinnerte, und er konnte nicht sagen, ob der Körper unter ihren Winterkleidern sich ähnlich verändert hatte. Er fragte sich flüchtig, wie sehr er sich verändert haben mochte, aber das in ihm aufsteigende Verlangen überwältigte solche Nebensächlichkeiten. Nun war er es, der sie küßte. Langsam, eng umschlungen, ließen sie sich auf den Boden sinken, während er ihr den Rock hochschob.

»Oh nein«, flüsterte sie, »nicht.«

Buddy hatte eben die Hosen geöffnet und wollte sich über sie hermachen, als Anderson die Kirche betrat. Eine Zeitlang sagte er garnichts, noch erhoben sie sich. Ein seltsamer, schlauer Ausdruck kam in Gretas Gesicht, und Buddy dachte, daß es dies gewesen war, nichts als dies, auf das Greta gehofft hatte. Sie hatte aus diesem Grund die Kirche gewählt.

Anderson bedeutete ihnen mit einer Geste aufzustehen. Er ließ Greta gehen, nachdem er ihr ins Gesicht gespuckt hatte.

War es Mitgefühl, daß er nicht die Bestrafung forderte, die das Gesetz – sein eigenes Gesetz – über Ehebrecher verhängte: daß sie gesteinigt würden? Oder war es nur väterliche Schwäche? Buddy konnte in dem steinernen Gesicht des alten Mannes nichts lesen.

»Ich kam her, um zu beten«, sagte er zu seinem Sohn, als sie allein waren. Dann, statt seinen Satz zu beenden, trat er nach Buddys Unterleib, aber zu langsam – vielleicht war es der Schnaps –, denn Buddy konnte sich rechtzeitig drehen und den Tritt mit der Hüfte abfangen.

»Okay, Junge, wir werden das später regeln«, versprach Anderson mit einem leichten Lallen. Dann ging er zum Altar, um zu beten.

Es schien, daß Buddy sich nicht länger der Position erfreuen konnte, die er im letzten Juni geerbt hatte, als er nach Jimmy Lees Tod in der Gunst seines Vaters an die erste Stelle gerückt war. Als er die Kirche verließ, schwebten die ersten Schneeflocken des anbrechenden Winters aus dem grauen Himmel herab. Buddy sah zu, wie sie auf seiner Handfläche schmolzen.

7

Die Kuh Gracie lebte mit allen anderen im Gemeinschaftsraum. Auch die Hühner hatten eine Ecke für sich, die Schweine waren draußen in einem eigenen Stall untergebracht.

Vier Tage lang hatte es unaufhörlich geschneit. Dann wurde es eine Woche lang sonnig, und die Kinder zogen mit ihren Schlitten zum alten Seeufer hinunter. Danach machte der Winter ernst und überschüttete das Land mit Schneemassen, die von stürmischen Winden getrieben wurden. Anderson fürchtete für die Wände, obwohl sie von den hohen Schneewehen gleichzeitig abgedichtet und gestützt wurden. Drei- oder viermal täglich gingen die Männer hinaus, um das Dach des Gemeinschaftshauses vom Schnee freizuräumen. Abgesehen von dieser Arbeit und der Sorge für die Schweine waren die Männer während eines Schneesturms untätig. Die restliche Arbeit — Kochen, Flechten, Flicken, Krankenpflege und Kinderaufsicht — war Sache der Frauen. Später, wenn der Himmel aufklarte, konnten sie wieder auf die Jagd gehen, oder mit mehr Hoffnung auf Erfolg Löcher in die Eisdecke des Sees schlagen und angeln. Auch gab es viele Pflanzen, die gefällt werden mußten, im Dorfbereich und um die Felder.

Es war schwierig, diese müßigen Tage durchzustehen. Alkohol war im Gemeinschaftsraum nicht erlaubt (es gab schon so genug Schlägereien) und Pokerspiele verloren bald ihren Reiz, wenn das Geld im Topf nicht mehr wert war als das Geld der Kinder in ihren nichtendenwollenden Monopoly-Spielen. Außer Andersons in Kalbsleder gebundener Bibel (die einmal das Pult der Episkopalkirche geschmückt hatte) gab es wenige Bücher. Aber selbst wenn es mehr Bücher gegeben hätte, wäre zweifelhaft gewesen, ob jemand sie gelesen haben würde. Orville vielleicht — er schien ein Büchertyp zu sein. Buddy würde gelesen haben. Und Lady hatte auch immer viel gelesen.

Die Gespräche, sofern es welche gab, erhoben sich niemals über das Niveau von Beschwerden und Gemecker. Die meisten Männer imitierten Anderson, der unbeweglich auf seiner Bettkante hockte und das faserige Mark der Pflanze kaute. Es war jedoch fraglich, ob sie diese Zeit wie Anderson mit Gedanken verbrachten, die auf nützliche Ziele gerichtet waren. Wenn der Frühling kam, gingen alle Ideen, Projekte und Verbesserungen ausschließlich von Anderson aus.

Jetzt schien es noch einen zweiten Mann zu geben, der des Denkens fähig war. Er zog es jedoch im Gegensatz zu Anderson vor, laut zu denken. Für den alten Mann, der dasaß und schweigend Jeremiah Orville zuhörte, waren die vorgebrachten Ideen zuweilen entschieden gottlos und ketzerisch. Die Art und Weise, wie er über die Pflanzen sprach, als ob sie nur eine überlegene Laboratoriumszüchtung wären. Als ob er ihren Eroberungszug bewunderte. Doch sagte er im gleichen Atemzug viele durchaus vernünftige Dinge. Selbst wenn das Wetter Gegenstand der Konversation war (und das war es häufig), hatte Orville etwas darüber zu sagen.

»Ich behaupte immer noch«, wiederholte Clay Kestner am ersten Tag des Schneesturms, was er schon seit mehreren Jahren behauptet hatte, »daß nicht das Wetter kälter wird, sondern daß wir mehr in die Kälte hinauskommen. Es ist psychosomatisch. Es gibt keinen Grund für das Wetter, kälter zu werden.«

»Verdammt noch mal, Clay«, erwiderte Joel Stromberg mit mißbilligendem Kopfschütteln (aber vielleicht war es auch nur seine fortschreitende Parkinsonsche Krankheit), »wenn dieser Winter nicht kälter ist als die Winter in den fünfziger und sechziger Jahren, fresse ich meinen Hut. Damals pflegten wir uns Gedanken zu machen, ob wir überhaupt weiße Weihnachten kriegen würden. Ich sage, es hängt mit dem Sinken des Wasserspiegels zusammen.«

»Blödsinn!« beharrte Clay, und mit Recht.

Gewöhnlich hätte sich niemand weiter um Clay und Joel gekümmert, nicht mehr als um den Wind, der draußen ums Haus pfiff, aber diesmal mischte sich Orville ein: »Wissen Sie – es könnte einen Grund geben, warum es kälter wird. Kohlendioxyd.«

»Wer hätte das gedacht?« spottete Clay.

»Alle Pflanzen entnehmen der Luft Kohlendioxyd. Sie brauchen es in Verbindung mit Wasser und anderen Stoffen zum Aufbau. Was wir – das heißt, alle Tiere – ausatmen, ist Kohlendioxyd. Seit die Pflanzen gekommen sind, stimmt das alte Gleichgewicht zwischen dem Kohlendioxyd, das sie verbrauchen, und der Menge, die wir abgeben, nicht mehr. Die Pflanzen, weil sie überall wachsen, verbrauchen mehr als erzeugt wird. Also gibt es weniger Kohlendioxyd in der Atmosphäre. Nun ist Kohlendioxyd ein Stoff, der Wärme absorbiert. Er speichert Strahlungshitze von der Sonne und hält die Luft warm. Mit weniger Kohlendioxyd muß es also mehr Kälte und Schnee geben. Das ist natürlich nur eine Theorie.«

»Eine beschissene Theorie!«

»Sie ist nicht von mir, Mr. Kestner. Sie ist eine der Erklärungen, die die Geologen für die Eiszeiten geben.«

Anderson glaubte nicht sehr an Geologie, weil sie viel behauptete, das der Bibel widersprach. Aber wenn wahr war, was Orville über Kohlendioxyd sagte, dann mochte dies tatsächlich die Ursache für die Verschlechterung des Winterwetters sein (und die Winter waren schlimmer geworden, niemand zweifelte im Ernst daran). Aber wahr oder nicht, in Orvilles Ton war etwas, das ihm nicht gefiel, etwas mehr als bloß die Klugscheißereien des Collegeabsolventen, die Anderson von Buddy gewöhnt war. Es war, als ob diese kleinen Vorträge über die Wunder der Wissenschaft (und Orville hatte ihnen schon eine ganze Menge gehalten) nur einen einzigen Zweck verfolgten: sie noch tiefer in Verzweiflung zu treiben.

Auf der anderen Seite wußte Orville mehr als jeder andere über Naturwissenschaft, und Anderson brachte ihm deswegen einen widerwilligen Respekt entgegen. Immerhin hatte er bewirkt, daß Clay und Joel endlich aufgehört hatten, über das Wetter zu streiten, und Anderson konnte nicht umhin, wenigstens für diese Erleichterung dankbar zu sein.

Es war noch nicht so schlimm wie es im Februar und im März werden würde, aber es war schlimm genug: die Enge des Gemeinschaftsquartiers, die nichtigen Streitereien, der Lärm, der Gestank, das Sichaneinanderreiben von Fleisch und Nerven. Die spärlichen eintönigen Mahlzeiten. Es war hart. Es war beinahe unerträglich.

Zweihundertfünfzig Menschen lebten auf achthundert Quadratmetern, und viel von diesem Raum diente der Lagerung von Mais und anderen Vorräten. Im letzten Winter hatten beinahe doppelt so viele Menschen in dem gleichen Raum kampiert. Damals hatte es fast jeden Tag einen Toten gegeben, jeden Monat eine neue Epidemie der tödlichen Erkältungskrankheiten, und im ganzen war es beträchtlich schlechter gewesen. Die labileren Typen waren zusammengebrochen oder Amok gelaufen, und als im Januar mit trügerischer Wärme Tauwetter eingesetzt hatte, waren viele singend und lachend draußen herumgesprungen und hatten geglaubt, sie hätten es überstanden; die meisten von ihnen weilten nicht mehr unter den Lebenden. Der Gesundheitszustand der Überlebenden war dieses Jahr besser. Dieses Jahr waren auch die Wände besser verankert und dichter geflochten; dieses Jahr waren die Lebensmittelrationen nicht so verzweifelt knapp, obwohl es weniger Wild gab. Doch trotz all dieser Verbesserungen war es eine unerträgliche Art zu leben, und alle wußten es.

Was Buddy nicht ertragen konnte, das Schlimmste von allem, war die Gegenwart von soviel Fleisch. Den ganzen Tag lang rieb es sich an ihm, stellte sich zur Schau und stank. Jede der mehr als hundert Frauen im Raum, selbst Blossom, konnte mit der einfachsten Gebärde und dem unverfänglichsten Wort seine Lust erregen. Bei alledem hatte er so wenig davon, daß er sich genausogut die blutlosen Fantasien eines Films hätte ansehen können. In dem engen Gemeinschaftsraum gab es einfach keinen Platz für sexuelle Aktivitäten, weder bei Tag noch bei Nacht. Sein Liebesleben war auf Gelegenheiten beschränkt, wenn er Maryann dazu überreden konnte, mit ihm die eiskalte Latrine neben dem Schweinestall aufzusuchen. Maryann, im siebten Monat schwanger und ständig anfällig für Erkältungen, tat ihm selten den Gefallen.

Wann immer er von seiner Tätigkeit oder Untätigkeit aufblickte, konnte er Greta sehen, die meistens nicht weiter als sechs oder sieben Meter von ihm entfernt war. Das machte es nur noch schlimmer.

Mehr und mehr suchte er Zuflucht in Jeremiah Orvilles Gesellschaft. Orville gehörte zu jenen Leuten, Buddy von der Universität her vertraut, die er immer sehr viel mehr geschätzt hatte als sie ihn. Wenn Orville redete – und er redete unaufhörlich –, konnte Buddy sich des Lachens nicht erwehren, obwohl der Mann niemals Witze erzählte. Seine Rede war wie die Dialoge in Büchern und Filmen, oder die Art und Weise, wie die Leute in den besseren Fernsehshows zu reden pflegten, Leute, die den alltäglichsten Gegenstand herausgreifen und im Gespräch komisch und lustig darstellen konnten. Orville versuchte nie den Clown zu spielen; sein Humor lag in der Art, die Dinge zu sehen – mit einer gewissen schlauen Unehrerbietigkeit, mit verstecktem Spott, der aber nie so offen zum Vorschein kam, daß jemand wie Anderson daran Anstoß nehmen konnte. Man wußte nie, wie man mit ihm dran war, so daß die meisten Leute – vor allem Hinterwäldler wie Neil – sich nur widerwillig auf Gespräche mit ihm einließen, obgleich sie ihm gern zuhörten. Buddy ertappte sich immer häufiger dabei, daß er Orville imitierte, seine Worte gebrauchte, seine Aussprache nachahmte und seine Ideen übernahm.

Orville war für ihn eine ständige Quelle der Überraschung; es war unglaublich, wieviel der Mann wußte. Buddy, der seine eigene Bildung für kaum ausreichend hielt, den Horizont einer anderen Person zu beurteilen, hielt Orville für einen enzyklopädisch gebildeten Menschen.

Er verfiel dem Einfluß des älteren Mannes so gründlich, daß man mit einiger Berechtigung sagen konnte, er war in ihn vernarrt.

Es gab Zeiten (zum Beispiel, wenn Orville zu lange mit Blossom redete), in denen Buddy so etwas wie Eifersucht empfand.

Er wäre überrascht gewesen, hätte er gewußt, daß Blossom ganz ähnlich empfand, wenn Orville längere Zeit mit ihm verbrachte.

Selbst Neil wußte ein gutes Wort über den Neuankömmling zu sagen, denn eines Tages hatte Orville ihn überraschend beiseite genommen und ihm ein ganzes neues Repertoire von schmutzigen Witzen beigebracht.

Die Jäger jagten allein; die Fischer fischten gemeinsam. Neil, ein Jäger, war dankbar für die Möglichkeit, allein zu sein, aber der Mangel an Wild in diesem Dezember beunruhigte und ärgerte ihn beinahe ebenso sehr wie das Gedränge und der Lärm im Gemeinschaftsraum. Aber am Tag nach dem Schneesturm fand er eine Hirschfährte, die durch den Neuschnee des westlichen Maisfelds führte. Er folgte der Fährte sechs Kilometer weit, wobei er in seinem Eifer mehrmals über seine eigenen Schneeschuhe stolperte. Die Fährte endete in einer Mulde aus Asche und Eis. Keine Spuren führten von der Stelle weg. Auch andere Spuren fehlten. Neil fluchte laut. Dann schrie er lauthals vor Frustration und Erbitterung, ohne sich dessen bewußt zu werden. Es erleichterte ihn.

Es hat keinen Sinn, noch zu jagen, dachte er, als er wieder denken konnte. Er beschloß, den Rest des Tages auszuruhen. Nun, da die anderen Jäger und Fischer immer noch unterwegs waren, würde er vielleicht einen ruhigen Winkel im Gemeinschaftsraum finden.

Er ging nach Hause und trank einen Topf Tee mit Lakritzengeschmack, und danach fühlte er sich schläfrig und wußte kaum, was er ansah oder was er dachte (er sah Blossom an und dachte an sie), als die Kuh auf einmal lauten Lärm vollführte: Gracie kalbte.

Sie machte grunzende Geräusche wie ein Schwein, wälzte sich auf die Seite und wand sich im Dreck. Es war Gracies erstes Kalb, und sie war nicht allzu groß. Man mußte mit Schwierigkeiten rechnen. Neil nahm einen Strick, knotete eine Schlinge und legte sie ihr um den Hals, aber sie schlug so um sich, daß es ihm unmöglich war, auch die Vorderbeine durch die Schlinge zu bringen, also ließ er es sein. Alice, die Krankenschwester, half ihm, aber er wünschte, sein Vater wäre da. Gracie brüllte inzwischen wie ein Stier.

Jede Kuh, die länger als eine Stunde braucht, ist ein sicherer Verlust, und selbst eine halbe Stunde ist schlecht. Gracie brüllte und wand sich eine halbe Stunde lang. Immer wieder schob sie sich bei dem Versuch, den Schmerzen zu entgehen, rückwärts davon. Neil zog am Strick, um sie daran zu hindern.

»Ich kann seinen Kopf sehen. Der Kopf kommt jetzt raus«, sagte Alice. Sie kniete hinter Gracie, bereit, das Kalb herauszuziehen, sobald der Kopf ganz zum Vorschein kam.

»Wenn das alles ist, was Sie sehen, woher wissen Sie dann, daß es ein Er ist?«

Das Geschlecht des Kalbs war entscheidend, und alle im Gemeinschaftsraum Anwesenden hatten sich versammelt, die Geburt zu beobachten. Nach jedem schmerzhaften Aufbrüllen schrien die Kinder Gracie Ermutigungen zu. Dann wälzte und wand sie sich noch schlimmer als vorher, während ihr Brüllen nachließ. »Da ist es, jetzt hat sie es geschafft!« rief Alice, und Neil zog noch fester am Strick.

»Es ist ein Junge!« rief Alice aus. »Gott sei Dank, es ist ein Junge!«

Neil lachte die alte Frau aus. »Sie meinen, es ist ein Bulle. Ihr Stadtleute seid alle gleich.« Er fühlte sich gut, weil er keine Fehler gemacht hatte und alles in Butter war. So ging er hin und füllte sich einen Becher aus dem Schnapskrug, um das Ereignis zu feiern. Er fragte Alice, ob sie auch einen mit ihm trinken wolle, aber sie sah ihn nur irgendwie merkwürdig an und sagte nein.

Er setzte sich in den einzigen vorhandenen Lehnstuhl, der Anderson gehörte, und sah zu, wie das neugeborene Kalb an Gracies prallem Euter saugte. Gracie war nicht aufgestanden. Die Geburt mußte sie erschöpft haben. Nun, wäre er, Neil, nicht dabei gewesen, hätte sie es wahrscheinlich nicht überlebt.

Neil sah das Kalb an und dachte daran, wie es eines Tages ein großer, gehörnter Bulle sein würde, der Gracie bestieg — seine eigene Mutter! Tiere, dachte er nebelhaft, sind eben wie Tiere. Aber das war nicht genau, was er meinte.

Er ging zum Krug und holte sich noch etwas zu trinken. Der Lakritzengeschmack war nicht so schlimm, wenn man sich einmal daran gewöhnt hatte.

Als Anderson heimkam, sah er aus, als ob er einen schlechten Tag gehabt hätte. Neil stand von dem warmen Lehnstuhl auf und rief glücklich: »He, Dad, es ist ein Bulle!«

Anderson kam näher, und er machte ein Gesicht wie Neil es vom Abend des Erntedankfestes her kannte, versteinert, finster und mit diesem häßlichen Lächeln, und er schlug Neil mit aller Kraft ins Gesicht, schlug ihn glatt nieder.

»Du gottverdammtes blödes Arschloch!« schrie Anderson. »Du dummer Scheißhaufen! Weißt du nicht, daß Gracie tot ist? Du hast sie mit dem Strick erdrosselt, du besoffener Drecksack!«

Er trat Neil in die Rippen. Dann ging er hinüber und schnitt Gracie die Kehle durch, um den immer noch der Strick festgezogen war. Das meiste von dem kalten Blut lief in die Schüssel, die Lady hielt, aber einiges davon versickerte im gestampften Boden. Das Kalb saugte am Euter der toten Kuh, aber es gab keine Milch mehr. Anderson schnitt auch dem Kalb die Kehle durch.

Es war nicht seine Schuld, oder? Es war Alices Schuld. Er haßte Alice. Er haßte auch seinen Vater. Er haßte alle diese Bastarde, die sich für so verdammt klug hielten. Er haßte sie alle. Er haßte sie alle!

Und er nahm seine Schmerzen in beide Hände, um nicht zu schreien, so groß waren die Schmerzen in seinen Händen und der Schmerz in seinem Kopf und der Schmerz des Hassens, aber vielleicht schrie er doch.

Kurz vor Dunkelwerden begann es wieder zu schneien, ein vollkommen senkrechtes, lautlos schwebendes Fallen durch die windstille Luft. Das einzige Licht im Gemeinschaftsraum kam von der Sturmlaterne, die in der Küchenecke brannte, wo Lady die Töpfe schrubbte. Niemand sprach. Wer wagte schon zu sagen, wie der übliche Maisbrei mit Kaninchenfleisch geschmeckt hatte, gewürzt mit dem Blut der Kuh und des Kalbs? Es war still genug, daß man die Hühner auf ihren Stangen in der anderen Ecke schläfrig glukken hören konnte.

Als Anderson hinausging, um das Schlachten, Zerlegen und Einsalzen der Kadaver zu überwachen, wurden weder Neil noch Buddy eingeladen, daran teilzunehmen. Buddy saß auf einer schmutzigen Matte neben dem Küchendurchgang und gab vor, im Halbdunkel ein Biologiebuch zu lesen. Er hatte es schon viele Male durchgelesen und kannte verschiedene Passagen auswendig. Neil saß in der Nähe der äußeren Tür und versuchte den Mut aufzubringen, hinauszugehen und sich zu den Schlächtern zu gesellen.

Von allen Dorfbewohnern war Buddy wahrscheinlich der einzige, der sich über Gracies Tod freute. In den Wochen seit dem Erntedankfest hatte Neil in zunehmendem Maß seines Vaters

Gunst zurückgewonnen. Nun, nachdem Neil selbst diesen Trend so wirksam umgekehrt hatte, kalkulierte Buddy, daß es nur eine Frage der Zeit sein würde, bis er sich wieder der Privilegien erfreuen würde. Die Auslöschung der Spezies (waren Herefords eine Spezies?) war kein zu hoher Preis dafür.

Es gab einen anderen, der über diese Wendung der Dinge frohlockte, aber er gehörte nicht zu den Dorfbewohnern, weder nach seiner eigenen Einschätzung noch nach der ihren. Jeremiah Orville hatte gehofft, daß Gracie oder das Kalb oder beide sterben würden, denn die Erhaltung des Viehbestands war eine von Andersons stolzesten Leistungen gewesen, ein Unterpfand, daß die Zivilisation, wie man sie gekannt hatte, noch nicht völlig verloren war, und überdies ein Zeichen für all jene, die es sehen konnten, daß Anderson wahrhaft ein Auserwählter war. Daß die wirkende Kraft, die Orvilles Hoffnungen erfüllen würde, die Unfähigkeit von Andersons eigenem Sohn sein sollte, verhalf Orville zu einem beinahe ästhetischen Vergnügen: als ob ihm irgendeine gewissenhafte, rechtschaffene Gottheit bei seiner Rache helfen würde, sorgfältig darauf bedacht, daß die Gesetze der poetischen Gerechtigkeit beachtet würden. Orville war an diesem Abend glücklich, und er arbeitete mit stillem Fanatismus beim Zerlegen der Kadaver. Von Zeit zu Zeit, wenn es niemand sah, steckte er ein Stück von dem rohen Rindfleisch in den Mund — denn er war hungrig wie jeder andere. Aber er würde gern verhungern, wenn er nur erleben durfte, daß Anderson vor ihm verhungerte.

Ein eigentümliches Geräusch weckte seine Aufmerksamkeit. Es schien vertraut, aber er konnte es nicht einordnen. Es war ein Geräusch, das zur Stadt gehörte. Joel Stromberg, der die Schweine versorgte, brüllte: »Ah, he! Da ... was ist ...« Im nächsten Augenblick verwandelte er sich in eine Feuersäule.

Orville sah dies nicht deutlicher als er das vorausgegangene Geräusch gehört hatte, aber ohne eine Sekunde zu zögern hechtete er über eine nahe Schneewehe, rollte durch den tiefen Pulverschnee, bis er außer Sicht war. Als er den Schnee aus dem Gesicht wischte, sah er den Schweinestall in Flammen aufgehen. »Mr. Anderson!« schrie er, entsetzt, daß er sein Opfer womöglich an die Feuerteufel verlieren könnte. Dann kroch er zurück, den alten Mann zu retten.

Drei sphärische Körper, jeder ungefähr eineinhalb Meter im Durchmesser, schwebten an der Peripherie der Flammen direkt über dem Schnee. Mit Ausnahme von Anderson, der hinter der halbskelettierten toten Kuh lauerte und mit seiner Pistole auf die nächste Kugel zielte, beobachteten die Männer den Brand wie hypnotisiert. Ihr Atem dampfte aus den offenen Mündern.

»Vergeuden Sie keine Kugeln auf Panzerstahl, Mr. Anderson! Kommen Sie — als nächstes werden sie das Gemeinschaftshaus in Brand setzen. Wir müssen die Leute herausholen!«

»Ja«, stimmte Anderson zu, aber er bewegte sich nicht. Orville mußte ihn fortzerren. In diesem Moment der Unfähigkeit und der Betäubung sah Orville in Anderson die Saat von dem, was Neil geworden war.

Orville stürzte als erster ins Gemeinschaftshaus. Da die Außenwände durch die Bollwerke mächtiger Schneewehen geschützt waren, hatte noch niemand den Brand draußen bemerkt. Alle waren, wie schon den ganzen Abend, bleiern und stumpf vor Unglück. Mehrere hatten bereits die Betten aufgesucht.

»Schnell — zieht euch an!« rief Orville in den Raum. Seine Stimme war ebenso ruhig wie autoritätsbewußt. »Verlaßt diesen Raum so schnell wie möglich durch die Küchentür und lauft in die Wälder. Nehmt alles mit, was zur Hand ist, aber vergeudet keine Zeit mit Suchen. Wartet nicht auf andere. Vorwärts! Los!«

Alle, die Orville gehört hatten, standen wie vom Donner gerührt und starrten ihn an. Keiner befolgte seinen Befehl. Es war nicht an ihm, Anweisungen zu erteilen.

»Schnell!« brüllte Anderson. »Und keine Fragen!«

Sie waren es gewohnt, Anderson zu gehorchen, ohne Fragen zu stellen, aber nun starrten sie erst Anderson, dann Orville an. Anderson ging direkt zu dem Familienabteil bei der Küche, wo die Seinen hausten. Sie waren dabei, in ihre Wintersachen zu schlüpfen, und Anderson trieb sie zur Eile an.

Draußen ertönten Schreie, kurz wie das Pfeifen sterbender Kaninchen, als die Feuerteufel ihre Verbrennungsmechanismen auf die Zuschauer richteten. Ein Mann kam brennend in den Raum gerannt, eine flammende Fackel, und fiel tot zu Boden. Panik griff um sich. Anderson, schon bei der Tür, verlangte und erhielt noch inmitten der Hysterie Respekt, und so gelang es ihm, seine Familie unter den ersten hinauszubringen. Als sie durch die Küche lief, ergriff Lady einen leeren Kochtopf; Blossom wurde mit einem Wäschekorb beladen, der sich als zu schwer erwies, so daß sie den Inhalt in den Schnee werfen mußte. Orville, in seinem Bestreben, alle noch rechtzeitig ins Freie zu bringen, nahm nichts mit. Als das Gemeinschaftshaus an zwei Enden zugleich Feuer fing, rannten nicht mehr als fünfzig Menschen durch den Schnee. Die Flammen schossen zehn Meter hoch aus dem Dach; dann, als sie die an den Wänden gestapelten Maissäcke erfaßten, loderten sie noch höher.

Es ist schwierig, durch tiefen, lockeren Schnee zu rennen, nicht viel leichter als das Rennen in knietiefem Wasser: sobald man eine gewisse Geschwindigkeit erreicht, läuft man Gefahr, vornüber zu fallen. Lady und Greta hatten das Haus in Strohsandalen verlassen, und die anderen, die jetzt in Panik aus der Küchentür geströmt kamen, waren in Nachthemden gekleidet oder nur in Decken gewickelt.

Die Andersons hatten fast den Waldrand erreicht, als Lady ihren Kochtopf wegwarf und rief: »Die Bibel! Die Bibel ist noch drin!«

Niemand hörte sie. Sie rannte zurück zu dem brennenden Gebäude. Als Anderson die Abwesenheit seiner Frau bemerkte, gab es keine Möglichkeit mehr, sie aufzuhalten. Seine Schreie gingen in den vielen anderen unter. Die Familie blieb stehen, um zu warten. »Weiter, nicht stehenbleiben!« brüllte Orville, aber sie beachteten ihn nicht. Die meisten von denen, die aus dem Haus gekommen waren, hatten inzwischen den Wald erreicht.

Die prasselnden Flammen erhellten die Umgebung des Gebäudes und verliehen dem Schnee einen orangefarbenen Schein, auf dem die raschen, ungewissen Schatten des Rauchs tanzten.

Lady verschwand durch die Küchentür im Innern und kam nicht wieder heraus. Das Dach stürzte mit einer Funkenexplosion in sich zusammen, dann kippten auch die flammenden Flechtwerkwände und fielen übereinander. Die drei sphärischen Körper stiegen höher. In geschlossener Formation begannen sie auf den Wald zuzugleiten, aber man hörte sie nicht; das Prasseln der Flammen übertönte ihr unheilverkündendes Summen. Innerhalb des Dreiecks, das sie mit ihrer Formation bildeten, schmolz und verdampfte der Schnee in dichten Wolken.

»Warum ist sie wieder reingelaufen?« fragte Anderson seine Tochter, aber als er sah, daß sie am Rand eines Nervenzusammenbruchs war, nahm er sie mit einer Hand und das Seil, das er aus einem Schubkarren vor dem Haus genommen hatte, in die andere, und eilte den übrigen Dorfbewohnern nach. Orville und Neil schleppten die barfüßige Greta mit sich, die in ihrer vollen Altstimme obszöne Verwünschungen kreischte.

Orville war nervös und aufgeregt, doch unter der Hektik war ein Gefühl von ungestümer Freude, so daß er am liebsten Hochrufe ausgebracht hätte, als wäre der Brand hinter ihnen ein Freudenfeuer.

Als er »Vorwärts! Vorwärts!« brüllte, war schwer zu sagen, ob er Anderson und Blossom meinte, oder die drei Feuerteufel dicht hinter ihnen.

8

Nun werden wir sterben, sagte sich Maryann, als die unmittelbare Gefahr vorüber war und sie wieder denken konnte. Es war so kalt! Sie wünschte bei Gott, sie könnte verstehen, wovon Anderson redete. Er hatte bloß gesagt: »Wir werden Inventur machen müssen.« Sie standen im Schnee herum. Es war schrecklich kalt, und als sie gefallen war, war Schnee unter ihren Kragen in den Mantel gerutscht. Es schneite immer noch in der Dunkelheit. Sie würde sich erkälten, und was sollte sie dann tun? Wo würden sie leben? Und ihr Baby – was sollte aus ihm werden?

»Maryann?« fragte Anderson. »Sie ist hier, nicht wahr?«

»Maryann!« rief Buddy ungeduldig.

»Ich bin hier«, sagte sie kläglich.

»Nun – was hast du mitgebracht?«

In jeder Hand hielt sie etwas, aber sie wußte nicht, was es war. Sie hielt ihre Hände hoch, damit sie sehen konnte, was es war. »Lampen«, sagte sie. »Die Laternen aus der Küche, aber eine von ihnen ist zerbrochen. Der Zylinder ist hin.« Erst jetzt erinnerte sie sich, daß sie darauf gefallen war und sich ins Knie geschnitten hatte.

»Wer hat Zündhölzer?« fragte Orville.

Clay Kestner hatte welche. Er zündete die intakte Laterne an. Im hellen Schein des Petroleumlichts zählte Anderson die im Schnee versammelten Gestalten: »Einunddreißig.« Darauf folgte langes Schweigen, während jeder Überlebende die dreißig anderen Gesichter musterte und seine eigenen Verluste zählte. Sie waren noch achtzehn Männer, elf Frauen und zwei Kinder.

Mae Stromberg begann zu weinen. Sie hatte ihren Mann und ihre Tochter verloren. Ihr Sohn war bei ihr, sie hatte ihn die fünf

Kilometer von der Feuersbrunst auf einem der Kinderschlitten gezogen. Anderson, fertig mit seiner Inventur, befahl Mae, still zu sein.

»Vielleicht gibt es im Haus noch mehr Lebensmittel«, sagte Buddy zu seinem Vater. »Vielleicht ist nicht alles verbrannt. Was nur angekohlt ist, können wir immer noch essen.«

»Das bezweifle ich«, sagte Orville. »Diese verdammten Flammenwerfer sind ziemlich gründlich.«

»Wie lange werden die mitgebrachten Lebensmittel reichen, wenn wir sie rationalisieren?« fragte Buddy.

»Bis Weihnachten«, erwiderte Anderson knapp.

»Wenn wir bis Weihnachten durchhalten«, sagte Orville. »Diese Maschinen suchen jetzt wahrscheinlich die Wälder ab und bringen jeden zur Strecke, der dem Feuer entkommen ist. Das führt uns zu der Frage, wo wir die Nacht verbringen werden. Niemand hat daran gedacht, Zelte zu retten.«

»Wir werden ins alte Dorf zurückgehen«, sagte Anderson. »Wir können in der Kirche bleiben und die Bänke verheizen. Weiß irgend jemand, wo wir jetzt sind? In diesem Wald sieht jede gottverdammte Pflanze wie die andere aus.«

»Ich hab einen Kompaß«, erbot sich Neil. »Ich werde den Weg finden. Ihr braucht mir bloß zu folgen.« Irgendwo in der Ferne wurde ein Schrei laut, ein sehr kurzer Schrei. »Ich glaube, es ist die Richtung«, sagte Neil und setzte sich in Bewegung.

Sie formierten sich zu einer Kolonne mit Neil an der Spitze und stapften im Gänsemarsch durch die Nacht. Orville zog Greta auf dem Schlitten, und Buddy trug Denny Stromberg auf dem Rücken.

»Darf ich deine Hand halten?« fragte ihn Maryann. »Meine sind so kalt, daß ich sie nicht mehr fühlen kann.«

Buddy kam an ihre Seite, umschloß ihre Hand mit der seinen, und dann gingen sie eine halbe Stunde lang schweigend nebeneinander. Schließlich sagte er: »Ich bin froh, daß du in Sicherheit bist.«

Sie begann leise zu weinen.

Sie durchquerten beinahe das Dorf, ohne es zu sehen. Der frische Schnee hatte die Trümmer und die Aschenhaufen zugedeckt.

Denny Stromberg war der erste, der den Mund aufmachte. »Wohin gehen wir jetzt, Buddy? Wo werden wir schlafen?« Buddy antwortete nicht. Dreißig Menschen warteten schweigend, daß Anderson, der mit der Stiefelspitze in der Asche herumstocherte, sie durch dieses Rote Meer führte.

»Wir müssen niederknien und beten«, sagte er. »Hier in dieser Kirche müssen wir knien und um Vergebung unserer Sünden bitten.« Anderson kniete im Schnee und der Asche nieder. »Allmächtiger ewiger Gott ...«

Eine Gestalt kam aus dem Wald gerannt, stolpernd und atemlos, eine Frau in einem Nachthemd, eine Decke um die Schultern gewickelt. Sie warf sich inmitten der Gruppe auf die Knie und fand lange keinen Atem zum Sprechen. Anderson unterbrach sein Gebet. In der Richtung aus der sie gekommen war, sah man Lichtschein im Wald.

»Es ist Mrs. Wilks«, verkündete Alice Nemerov, und im gleichen Moment sagte Orville: »Wir sollten lieber anderswo beten. Das da drüben sieht wie ein neues Feuer aus.«

»Es gibt kein anderswo«, sagte Anderson.

»Es muß eins geben«, beharrte Orville. Unter dem Druck der Krisensituation hatte er sein ursprüngliches Ziel – die Andersons für langsamere Qualen seiner persönlichen Rache aufzusparen – aus den Augen verloren. Sein Denken war jetzt auf das vordringliche Ziel der Selbsterhaltung gerichtet. »Wenn keine Häuser mehr übrig sind, muß es immer noch Schlupfwinkel geben, wo wir unterkriechen können: in einem Stollen, oder einer Höhle ...« Irgendwie rührte das Wort eine Erinnerung in ihm an. Eine Höhle?

»Eine Höhle! Blossom, vor langer Zeit, als ich krank war, sagtest du mir, du seiest in einer Höhle gewesen. Du hättest nie ein Bergwerk gesehen, sagtest du, aber du seiest in einer Höhle gewesen. War das hier in der Nähe?«

»Es ist beim alten Seeufer. Nicht weit, aber ich bin nicht mehr dort gewesen, seit ich ein kleines Mädchen war. Ich weiß nicht, ob die Höhle noch existiert.«

»Wie groß ist sie?«

»Sehr groß. Wenigstens kam sie mir damals so vor.«

»Könntest du uns hinführen?«

»Ich weiß nicht. Es ist schon im Sommer schwierig genug, sich zwischen all den Pflanzen zurechtzufinden. Alle die alten Landmarken sind verschwunden, und nun, mit dem Schnee ...«

»Bring uns hin, Mädchen! Sofort!« krächzte Anderson. Er war wieder mehr oder weniger er selbst.

Sie ließen die halbnackte Frau im Schnee liegend zurück. Nicht aus Grausamkeit; es war einfach Vergeßlichkeit. Als sie gegangen waren, blickte die Frau auf und sagte: »Bitte.« Aber die Leute, die anzureden sie glaubte, waren nicht mehr da. Vielleicht waren sie nie dagewesen. Sie stand auf und ließ ihre Decke fallen.

Es war sehr kalt. Sie hörte wieder das summende Geräusch und rannte blindlings zurück in den Wald.

Die drei Sphäroiden glitten zu der Stelle, wo die Frau gelegen hatte, verwandelten die liegengebliebene Decke in einem Sekundenbruchteil zu Asche und bewegten sich auf Mrs. Wilks Spur weiter.

Das alte Seeufer war trotz der Schneedecke immer noch kenntlich: die Felsformationen, die steinernen Treppen, die einst zum Wasser hinunterführten — sie fanden sogar einen Pfosten, der einmal zu einem Anlegesteg gehört hatte. Blossom schätzte, daß es von diesem Anlegesteg noch etwa zweihundert Meter zum Höhleneingang sein mochten. Sie ging am Fuß der Felsen entlang, die sich drei Meter über den alten Strand erhoben, und leuchtete mit der Sturmlaterne in Spalten und Winkel. Wo immer sie stehenblieb, räumte Buddy den Schnee mit einer Schaufel beiseite, die er zusammen mit einer Axt aus dem Gemeinschaftshaus gerettet hatte. Die anderen Sucher kratzten den Schnee (der sich zwischen den Felsen metertief angesammelt hatte) mit ihren behandschuhten oder bloßen Händen weg.

Die Arbeit ging langsam voran, denn Blossom erinnerte sich, daß der Eingang zur Höhle auf halber Höhe der Uferfelsen gewesen war, so daß man über die verschneiten Klippen klettern mußte, um zu suchen. Trotz der Gefahren, die das mit sich brachte, hatten sie keine Zeit, vorsichtig zu sein. Durch die dichten Wolken, aus denen der Schnee stetig niederrieselte, war kein Mond zu sehen; die Suche ging in fast völliger Dunkelheit vonstatten. In regelmäßigen Abständen hielten sie in ihrer Arbeit inne und strengten ihre Ohren an, ob nicht das verräterische Summen der Feuerteufel zu hören war, das immer wieder jemand zu vernehmen glaubte.

Blossom wurde unter dem ungewohnten Gewicht der Verantwortung nervös und rannte von Felsen zu Felsen. »Hier!« sagte sie, und dann, wenn sie wieder ein Stück gerannt war: »Oder hier?« Inzwischen waren sie gute dreihundert Meter von der alten Pier entfernt, und Buddy begann zu zweifeln, ob es überhaupt hier eine Höhle gab.

Wenn es die Höhle nicht gab, dann waren sie sicherlich am Ende. Die Aussicht auf den Tod beunruhigte ihn hauptsächlich deshalb, weil er den Zweck dieser Einäscherungen nicht begreifen konnte. Wenn dies eine Invasion war (und selbst sein Vater konnte jetzt nicht mehr daran zweifeln; der rächende Gott brauchte keine Maschinen zu bauen, um die Menschheit zu bestrafen), was wollten die Feuerteufel? Waren die Pflanzen selbst die Invasoren? Nein, sie waren nur Pflanzen. Man mußte annehmen, daß die wirklichen Invasoren — die Erbauer und Lenker der brandstiftenden Kugeln — die Erde aus keinem anderen Grund wollten, als um ihre verdammten Pflanzen darauf anzubauen. Hatten sie die Erde zu ihrer Farm gemacht? Wenn es sich so verhielt, warum hatte es dann noch keine Ernte gegeben?

Der Gedanke, daß seine Rasse, seine Spezies, seine Welt mit einer solchen Leichtigkeit besiegt und ausgelöscht werden konnte, verletzte seinen Stolz. Was noch schlimmer war, was er nicht ertragen konnte, war jedoch der Verdacht, daß es alles nichts bedeutete, daß der Prozeß ihrer Vernichtung etwas ganz und gar Mechanisches war, daß die Zerstörer der Menschheit nicht einen Kampf ausfochten, sondern bloß die Felder besprühten, um sie zu »desinfizieren«.

Der Höhleneingang wurde aus Versehen entdeckt — Denny Stromberg fiel hinein. Ohne diesen glücklichen Zufall hätten sie leicht die ganze Nacht mit ergebnisloser Suche verbringen können, denn alle anderen hatten die Stelle schon passiert.

Die Höhle führte tiefer in den Fels als das Laternenlicht vom Eingang ins Innere reichte, und bevor die volle Tiefe erforscht wurde, waren schon alle in der Höhle versammelt. Alle Erwachsenen bis auf Anderson, Buddy und Maryann mußten die Köpfe einziehen oder sich bücken, um nicht gegen die scharfkantigen Deckenvorsprünge zu stoßen. Anderson erklärte, daß der Moment für ein stilles Dankgebet gekommen sei, wofür Orville ihm dankbar war. Zur gegenseitigen Erwärmung eng aneinander gekauert, die Rücken an der Höhlenwand, versuchten sie zur Besinnung zu kommen und jene Gefühle wiederzugewinnen, die während der stundenlangen Flucht durch den Schnee und die Dunkelheit verlorengegangen waren. Die Laterne brannte weiter, da Anderson meinte, daß Zündhölzer kostbarer seien als Öl.

Nach fünfminütigem Gebet erforschten Anderson, Buddy, Neil und Orville den rückwärtigen Teil der Höhle. Sie war groß, aber nicht so groß, wie sie gehofft hatten. Die Gesamtlänge mochte etwa fünfzehn Meter betragen, und der rückwärtige Teil wurde immer schmaler, um schließlich in einer Felsspalte zu enden. Im hintersten Winkel war eine mit Knochen angefüllte kleine Vertiefung.

»Wölfe!« erklärte Neil.

Eine nähere Untersuchung bestätigte dies, denn sie fanden die Skelette der Wölfe selbst, genauso sauber abgenagt wie die anderen Knochen.

»Ratten!« entschied Neil. »Bloß Ratten.«

Um das schlauchförmige Endstück der Höhle zu erreichen, mußten sie sich an der gigantischen Wurzel einer Pflanze vorbeizwängen, die die Höhlenwand von oben durchbrochen hatte und im Boden verschwand. Als sie von den Knochen zurückkehrten, untersuchten die Männer diese Wurzel, weil sie das einzige außergewöhnliche Merkmal der Höhle war. Die Wurzel der Pflanze war kaum von ihrem Stamm zu unterscheiden. Nach der Rundung des sichtbaren Teils zu urteilen, mußte sie, wie der Stamm der Pflanze selbst, einen Durchmesser von zweieinhalb bis drei Metern haben. In der Nähe des Höhlenbodens war die glatte Oberfläche der Wurzel benagt und zerfasert, genauso wie die glatten grünen Stämme oft von hungrigen Wildkaninchen benagt wurden. Hier schien jedoch mehr als nur ein bißchen genagt worden zu sein.

Orville ließ sich auf die Knie nieder und betrachtete die Stelle aus der Nähe. »Das waren keine Kaninchen. Das Loch geht bis ins Innere.« Er fuhr mit der Hand in die Öffnung. Die äußere Holzschicht war nicht dicker als zwanzig oder dreißig Zentimeter, und dahinter stießen seine Finger auf etwas, das sich wie ein Geflecht aus dünnen Fasern anfühlte. Jenseits davon (inzwischen preßte er seine Schulter gegen das Loch) war nichts, Leere, Luft. »Dieses Ding ist hohl!«

»Unsinn«, sagte Anderson. Er kniete neben Orville nieder, und als dieser seinen Arm aus dem Loch zog, steckte er den seinen hinein. »Es kann nicht sein«, sagte er. Dann fühlte er selbst, daß es so war.

»Dieses Loch stammt bestimmt nicht von Kaninchen«, beharrte Orville.«

»Ratten«, wiederholte Neil, in seinem Urteil bestätigt. Aber wie gewöhnlich schenkte ihm niemand Beachtung.

»Die Pflanze wächst so. Wie Bambus, oder wie der Stiel einer Sonnenblume. Der ist innen auch hohl.«

»Es ist totes Holz. Da müssen Termiten reingekommen sein.«

»Die einzigen toten Pflanzen, die ich gesehen habe, Mr. Anderson, sind die gewesen, die wir getötet haben. Wenn Sie nichts dagegen haben, würde ich gern sehen, was da unten ist.«

»Ich sehe nicht, was das nützen sollte. Sie haben eine ungesunde Neugierde gegenüber diesen Pflanzen, junger Mann. Manchmal habe ich fast den Eindruck, daß Sie mehr auf ihrer Seite sind als auf der unsrigen.«

»Der Nutzen dabei wäre, daß wir so zu einem Hinterausgang kommen könnten«, sagte Orville. »Zu einem Fluchtweg an die Oberfläche für den Fall, daß die Dinger uns bis hierher folgen.«

»Damit hat er recht, weißt du«, sagte Buddy.

»Ich brauche deine Hilfe nicht, um mich zu entscheiden. Und deine auch nicht«, fügte Anderson barsch hinzu, als er sah, daß Neil grinste. »Sie haben wieder mal recht, Jeremiah ...«

»Nennen Sie mich ruhig Orville, Sir. Das tun alle.«

Anderson lächelte säuerlich. »Ja. Gut. Wollen wir dann mit der Arbeit angefangen? Wie ich mich erinnere, hat einer der Männer eine Axt mitgenommen. Ach, du warst es, Buddy? Gib sie her. Orville, Sie werden unterdessen dafür sorgen, daß alle anderen in den hinteren Teil der Höhle gehen, wo sie es wärmer haben werden. Und sicherer ist es dort vielleicht auch. Dann können Sie sich eine Möglichkeit ausdenken, den Eingang zu verrammeln, damit der Schnee ihn wieder zudeckt. Nehmen Sie Ihren Mantel, wenn nötig.«

Als die Öffnung in der Wurzel hinreichend vergrößert worden war, steckte Anderson die Lampe hinein und zwängte seinen knochigen Oberkörper hindurch. Über ihm verengte sich der Hohlraum und wurde von einem Geflecht rankenähnlicher Adern ausgefüllt; es gab kaum eine Möglichkeit, da hindurchzukommen – wenigstens nicht ohne viel harte Arbeit. Aber unter ihm war ein Abgrund, der ein gutes Stück tiefer zu sein schien als das schwache Licht der Laterne reichte. Das Licht der Laterne fiel auf ein Netzwerk von Gaze oder Spinnweben, das die Höhlung der Wurzel füllte. Das Licht, das durch dieses luftige Zeug drang, war diffus und gedämpft, so daß man jenseits einer Tiefe von etwa fünf Metern nur einen formlosen, matten Widerschein ausmachen konnte.

Anderson schlug nach diesen gazeartigen Fasern, und sie zerrissen ohne Widerstand. Seine schwielige Hand konnte nicht einmal ihr Nachgeben fühlen.

Anderson wand sich aus der engen Öffnung zurück in die Höhle. »Nun, als Fluchtweg ist die Wurzel ungeeignet. Weiter oben ist die Höhlung eng und verwachsen. Aber nach unten ist sie tiefer als ich sehen kann. Werfen Sie selbst einen Blick hinein, wenn Sie wollen.«

Orville nahm die Axt und erweiterte das Loch ein wenig, dann kroch er durch. Er blieb so lange im Innern der Wurzel, daß Anderson ungeduldig wurde. Als er wieder zum Vorschein kam, grinste er. »Das ist unser Weg, Mr. Anderson. Wirklich, besser könnte es nicht sein!«

»Sie sind verrückt«, sagte Anderson nüchtern. »Wir sind schon so schlecht genug dran.«

»Aber die Sache ist die« – und dies war seine ursprüngliche, unausgesprochene Hoffnung gewesen – »daß es dort unten warm sein wird. Zwanzig Meter unter der Oberfläche herrschen immer angenehme Temperaturen. So tief im Boden gibt es keinen Winter und keinen Sommer. Wenn man es gern wärmer hat, geht man einfach tiefer hinunter. Die Temperatur steigt alle zwanzig Meter um ein Grad.«

»Was sagen Sie da?« höhnte Neil. »Das hört sich wie ein Haufen Blödsinn an.« Es gefiel ihm nicht, daß Orville – ein Fremder – ihnen die ganze Zeit sagte, was sie zu tun hatten. Er hatte kein Recht!

»Das ist eine Sache, über die ich Bescheid wissen sollte, denn schließlich war ich Bergbauingenieur. Ist das nicht überhaupt der Grund, daß ich noch am Leben bin? Eins der größten Probleme bei der Arbeit in tiefen Bergwerksstollen ist es, die Temperatur erträglich niedrig zu halten. Wir könnten wenigstens nachsehen, wie weit man da hinunterkommt. Es müssen mindestens fünfzehn oder zwanzig Meter sein – das wäre nur ein Zehntel der Höhe der Pflanze.«

»Fünfzehn Meter unter der Oberfläche gibt es keine Erde«, wandte Anderson ein. »Nichts als Felsgestein. Nichts kann im Untergrundgestein wachsen.«

»Erzählen Sie das der Pflanze. Ich weiß nicht, ob sie so tief hinunterreicht, aber ich meine, daß wir uns vergewissern sollten. Wir haben ein ausreichend langes Seil, und selbst wenn wir keins hätten, würden diese rankenartigen Verzweigungen im Innern jeden von uns tragen. Ich habe sie ausprobiert.« Er machte eine Pause, bevor er zu dem Hauptargument zurückkehrte: »Immerhin wäre es ein gutes Versteck, wenn die Feuerteufel unseren Aufenthalt entdecken.«

Der Beweis für die Richtigkeit seiner Überlegung ließ nicht lange auf sich warten. Buddy war gerade am Seil zur ersten Abzweigung der sekundären Wurzeln von der senkrechten Hauptwurzel hinuntergeklettert (Buddy war ausgewählt worden, weil er der leichteste der Männer war), als vom Höhleneingang ein scharrendes Geräusch zu vernehmen war, wie wenn Kinder eine Glasflasche mit Sand füllen. Einer der kugelförmigen Körper war ihren Spuren zur Höhle gefolgt, und versuchte nun, sich einen Weg durch die enge Eingangsöffnung zu bahnen.

»Schieß!« schrie Neil seinen Vater an. »Schieß ihn ab!« Er griff nach der Waffe in seines Vaters Gürtel.

»Ich denke nicht daran, gute Munition zu verschwenden. Diese Dinger sind kugelfest. Nun laß deine Finger von mir und hilf lieber den Leuten durch das Loch.«

Orville brauchte nicht weiter zu drängen. Sie hatten keine andere Wahl. Er lauschte, wie die Kugel sich mit Gewalt durch die Eingangsöffnung zu stoßen versuchte. In mancher Hinsicht, dachte er, waren diese Kugeln nicht klüger als ein Huhn, das sich durch Scharren einen Weg durch einen Drahtzaun zu bahnen versucht, den es umgehen könnte. Warum schoß das Ding nicht einfach in die Höhle? Vielleicht, sagte sich Orville, mußten die drei Kugeln um ihr Ziel gruppiert sein, bevor sie ihre Wärmeenergie freisetzen konnten. Orville war überzeugt, daß sie Automaten waren, programmiert, Tiere und Menschen und ihre Behausungen einzuäschern. Sie waren so wenig Herren ihres Geschicks wie ihre Opfer. Orville empfand keine Sympathie für die stumpfsinnigen Maschinen und ebensowenig für ihre Beute. Er zog es in diesem Moment vor, sich selbst als den Puppenspieler zu betrachten, bis der wirkliche Puppenspieler, die Notwendigkeit, mit den Fingern schnippte, und Orville seinen Schicksalsgefährten folgte.

Der Abstieg in die Wurzel ging rasch und reibungslos vor sich. Die Größe der Öffnung sorgte dafür, daß jeweils nur eine Person hinabkletterte, und die Angst sorgte dafür, daß diese Person sich nach Kräften beeilte. Die unsichtbare Gegenwart der Metallkugel, die knirschend am Gestein des Höhleneingangs arbeitete, trieb sie zur Eile.

Auf Andersons Befehl hin mußte jeder seine Winterkleidung ausziehen und vor sich durch das Loch schieben. Schließlich waren nur noch Anderson, Orville, Clay Kestner, Neil und Maryann übrig. Es zeigte sich, daß das Loch für Clay und Neil (die größten Männer unter den Überlebenden) und für Maryann, die im achten Monat war, vergrößert werden mußte. Neil ergriff die Axt und hackte in wilder Hast und mit viel vergeudeter Kraft auf das harte äußere Holz ein. Maryann wurde zuerst durch die erweiterte Öffnung geschoben. Als sie ihren Mann erreichte, der rittlings in der Gabelung der Zweigwurzel saß und sie erwartete, waren ihre Handflächen wund, weil sie sich zu schnell am Seil hatte hinabgleiten lassen. Sobald sie bei ihm war, schien alle Kraft ihren Körper zu verlassen. Sie konnte nicht weiter. Neil stieg als nächster ab, dann Clay Kestner. Gemeinsam trugen sie Maryann weiter in die Zweigwurzel.

Anderson rief: »Vorsicht da unten!« und ein Regen von Gegenständen – Nahrungsmittel, Körbe, Töpfe, Kleidung, der Schlitten, was immer die Leute aus dem brennenden Gemeinschaftshaus gerettet hatten – fiel in den Abgrund und zerriß das feine Netzwerk der Fasern. Buddy versuchte die Sekunden zu zählen, bis ein Gegenstand in der Tiefe aufschlug, aber er konnte nicht zwischen den Geräuschen von den Wänden abprallender Gegenstände und ihrem Auftreffen am Grund unterscheiden. Nachdem die letzten Habseligkeiten in das Wurzelinnere geworfen worden waren, kletterte Anderson am Seil herab.

»Wie kommt Orville herunter?« fragte Buddy. »Wer wird ihm das Seil halten?«

»Ich hab' nicht gefragt. Wo sind die anderen alle?«

»Da unten ...« Buddy machte eine vage Handbewegung in Richtung des schwarzen Schachts der Zweigwurzel. Die Laterne beleuchtete den Hauptschacht, wo der Abstieg gefährlicher war. Die sekundäre Wurzel zweigte in einem Winkel von etwa fünfundvierzig Grad davon ab. Die Decke (denn bei dieser Neigung konnte man von Boden und Decke sprechen) war bis zu zwei Meter hoch. Die gesamte Innenfläche der Wurzel war ein Gewirr von faserigen Adern, so daß man mühelos Halt finden und sich bewegen konnte.

Orville kletterte an diesem Wandgeflecht durch die Hauptwurzel abwärts, das Seilende um die Hüften geknotet. Es war eine unnötige Vorsichtsmaßnahme: Die Ranken oder Adern oder was immer sie waren, hielten fest. Sie waren so dicht miteinander verwachsen, daß ihr Geflecht kaum elastisch und beinahe fest wie eine Leiter war.

»Nun«, sagte Orville munter, »da sind wir sicher. Wollen wir hinunter in den Keller, wo die Lebensmittel sind?«

In diesem Moment fühlte er eine nahezu göttliche Heiterkeit, denn er hatte Andersons Leben in den Händen gehalten — buchstäblich, an einem Faden — und sein war die Entscheidung gewesen, ob der alte Mann jetzt sterben oder noch ein wenig länger leiden sollte. Es war keine schwierige Wahl gewesen, aber es war die seine gewesen!

9

Als sie weitere zehn Meter die Zweigwurzel abwärts geklettert waren (wo es, wie Orville versprochen hatte, leidlich warm war), erreichten sie eine Art Kreuzung: drei neue Verzweigungen, unter denen sie wählen konnten, jede so bequem wie die, durch die sie gekommen waren. Zwei führten steil abwärts, die dritte steil aufwärts.

»Das ist komisch«, bemerkte Buddy. »Wurzeln wachsen nicht von unten nach oben.«

»Woher wissen Sie, daß dort oben ist?« fragte Orville.

»Nun, sehen Sie doch hin, es ist oben. Oben ist ... oben. Es ist das Gegenteil von unten.«

»Genau was ich meine. Wir blicken durch die Wurzel hinauf, es ist aber möglich, daß die Wurzel zu uns herunterwächst — vielleicht ist es die einer anderen Pflanze.«

»Sie meinen, dieses Ding könnte einfach eine große Pflanze sein?« fragte Anderson, der mit finsterer Miene in den Lichtkreis der Laterne gekrochen war. Er verabscheute die Pflanzen und alle ihre Eigenschaften, und jedes weitere Attribut der Pflanzen erfüllte ihn mit Mißvergnügen, selbst solche, die seinen Zwecken dienten. »Sie glauben, alle wären unterirdisch so wie hier miteinander verbunden?«

»Es gibt eine sichere Methode, das herauszufinden, Sir — indem wir der Wurzel folgen. Wenn sie uns zu einer anderen Hauptwurzel bringt . . .«

»Wir haben keine Zeit, Pfadfinder zu spielen. Nicht bevor wir die Vorräte und Sachen gefunden haben, die wir durch dieses Loch geworfen haben. Werden wir auf diesem Weg zu ihnen kommen? Oder werden wir zurückklettern und uns am Seil durch die Hauptwurzel hinablassen müssen?«

»Kann ich nicht sagen. Dieser Weg ist leichter, schneller und im Moment sicherer. Wenn die Wurzeln überall solche Querverbindungen haben, können wir vielleicht weiter unten einen Rückweg zur Hauptwurzel finden. Ich würde sagen . . .«

»Ich bestimme hier«, sagte Anderson in einem nicht ganz überzeugenden Versuch, seine Autorität zurückzugewinnen. Buddy wurde mit der Lampe vorausgeschickt, ein Seilende um die Hüften geknotet; die dreißig anderen folgten ihm, einer nach dem anderen. Anderson und Orville, die den Schluß bildeten, hatten nur die Geräusche der Vorauskletternden als Wegweiser: Sowohl das Licht als auch das Seil reichten nicht so weit zurück.

Aber es gab eine Menge Geräusche: das Scharren von Füßen auf den Ranken, die Flüche der Männer, Denny Strombergs Weinen. Immer wieder fragte Greta die Dunkelheit: »Wo sind wir?« oder »Wo zum Teufel sind wir?« Aber das war nur ein Geräusch unter vielen. Unheilverkündendes Husten und Niesen wurde laut, aber diese Vorboten blieben einstweilen unbemerkt. Die einunddreißig Menschen, die sich durch das Wurzelwerk bewegten, standen immer noch unter der Wirkung des Schocks. Das Seil, an dem sie sich festklammerten, war ihr Halt und ihr Wille.

Anderson stolperte ständig auf dem ungleichmäßigen Geflecht. Orville schob sich neben ihn und versuchte ihn zu stützen, doch Anderson stieß ihn ärgerlich zurück. »Glauben Sie, ich bin eine Art Invalide?« sagte er. »Lassen Sie mich los, zum Henker!«

Aber als er das nächstemal stolperte, flog er der Länge nach in die rauhen Ranken des Bodens und zerkratzte sich das Gesicht. Als er aufstand, hatte er einen leichten Schwindelanfall und wäre wieder gestürzt, hätte Orville ihn nicht gehalten. Gegen seinen Willen fühlte er einen Anflug von Dankbarkeit für den Arm, der ihn aufrecht hielt. In der Dunkelheit konnte er nicht sehen, daß Orville lächelte.

Ihr Pfad wand sich durch die Wurzel abwärts und passierte zwei weitere Kreuzungen. Beide Male wandte Buddy sich nach links, so daß ihr Abstieg eine Spirale bildete. Die Höhlung der Wurzel schien sich nicht zu verengen; im Gegenteil, sie war auf den letzten Metern weiter geworden. Es gab keine Gefahr, sich zu verlaufen, denn die Zerstörung des spinnwebartigen Materials im Wurzelhohlraum stellte eine unverkennbare Spur durch das Labyrinth dar.

Unruhe am Kopfende der Kolonne brachte sie zum Stillstand. Anderson und Orville drängten sich an den anderen vorbei nach vorn.

Buddy reichte seinem Vater die Laterne. »Eine Sackgasse«, verkündete er. »Wir müssen zurück.«

Die Hohlwurzel war an diesem Punkt stark erweitert, und das spinnwebartige Zeug, das sie erfüllte, zeigte sich hier mehr verdichtet. Statt unter Andersons Schlag zu zerreißen, fiel es wie verrotteter Stoff in Fetzen auseinander. Anderson nahm eines dieser Stücke zwischen die Finger und betrachtete es genauer. Wie Zuckerwatte, die auf Jahrmärkten verkauft wurde, ließ das Material sich zu einem etwas klebrigen kleinen Ball zusammendrücken.

»Wir werden uns einen Weg bahnen«, erklärte Anderson. Er trat einen Schritt zurück, dann sprang er mit der Schulter voran gegen das nachgebende Gespinst. Nach gut zwei Metern hatte es seinen Schwung abgefangen, und er kam zum Stillstand. Dann, weil nichts Festes unter seinen Füßen war, begann er langsam zu versinken. Unter seinem Gewicht gab die Zuckerwatte langsam aber unaufhaltsam nach. Buddy streckte seine Hand aus, und Anderson konnte gerade noch seine Fingerspitzen ergreifen. Aber Buddys Stand war nicht viel fester, und Anderson zog ihn mit sich. Buddy wirkte ein wenig als Fallschirm, und sie sanken langsamer und kamen etwa drei Meter tiefer sicher auf festen Boden.

Als sie fielen, erfüllte ein intensiv süßlicher Geruch die Luft hinter ihnen. Sie erinnerte Orville an den Duft überreifer, in Fäulnis übergehender Früchte.

Er war der erste, der ihr Glück begriff. Er ballte eine Masse von der Zuckerwatte zusammen und biß hinein. Der charakteristische Anisgeschmack der Pflanze war auszumachen, aber daneben eine volle Süße, einen Wohlgeschmack, der ganz neu war. Seine Zunge erkannte ihn, bevor sein zögernder Verstand folgen wollte, und gierte nach einer weiteren Kostprobe. Nein, nicht bloß seine Zunge – sein Magen, jede unterernährte Zelle seines Körpers verlangte nach mehr.

»Schmeiß uns das Seil runter«, rief Anderson heiser. Er war nicht verletzt, aber der Schrecken bebte in ihm nach.

Statt das Seil hinunterzulassen, sprang Orville sorglos mit einem glücklichen Schrei in die Masse des wattigen Gespinsts. Als er rasch durch die Dunkelheit abwärts sank, sagte er zu dem alten Mann unter sich: »Ihre Gebete sind erhört worden, Sir. Sie haben uns durch das Rote Meer geführt, und nun ernährt der Herr uns mit Manna. Kosten Sie von dem Zeug – probieren Sie! Wir brauchen uns um unsere Vorräte nicht zu sorgen. Dies ist der Zweck der Pflanzen. Dies ist ihre Frucht. Dies ist Manna vom Himmel.«

In dem kurzen Ansturm, der nun folgte, verstauchte Mae Stromberg sich den Knöchel. Anderson war zu klug, um seine Autorität gegen nackten Hunger einzusetzen. Er selbst zögerte, die Frucht zu essen, denn sie konnte giftig sein, doch die Bedürfnisse seines Körpers lehnten sich gegen einen übervorsichtigen Willen auf. Wenn alle anderen sich vergifteten, dann konnte er sich genausogut ihnen anschließen.

Es schmeckte nicht übel.

Ja, dachte er, es muß ihnen wie Manna erscheinen. Und selbst als die Zuckerwatte auf seiner Zunge zu Honigtropfen kondensierte, haßte er die Pflanze, daß sie sich den Anschein gab, ihr Freund und Erhalter zu sein, daß sie ihr Gift so köstlich machte.

Die Laterne zu seinen Füßen brannte unnatürlich hell. Der Boden, obschon hart genug, ihn zu halten, war nicht allzu fest. Er nahm sein Taschenmesser heraus, fegte das verfilzte, wattige Zeug zur Seite und schnitt ein Stück von dieser festeren Substanz aus der Frucht. Es war fest und mürbe wie ein reifer Apfel, und saftig. Der Geschmack war frischer, neutraler und weniger süß als der der Zuckerwatte. Er schnitt ein zweites Stück heraus. Er konnte nicht aufhören zu essen.

Ringsum, innerhalb und außerhalb des Lichtkreises der Laterne schnüffelten und grunzten und schlangen die Bürger von Tassel wie Schweine an einem Trog. Die meisten von ihnen machten sich nicht die Mühe, die Zuckerwatte zu handlichen Bissen zusammenzudrücken, sondern stopften sie blindlings ins Maul und würgten in ihrer gierigen Hast. Die nahrhaften weißlichen Fasern hafteten an ihren Kleidern und wickelten sich in ihre Haare.

Eine Gestalt trat in den Lichtkreis und kam auf Anderson zu. Es war Jeremiah Orville. »Es tut mir leid«, sagte er, »daß ich dies alles ausgelöst habe. Ich hätte nicht voreilig reden sollen. Ich hätte warten sollen, bis Sie sagten, was zu tun sei. Ich hatte nicht nachgedacht.«

»Schon gut«, murmelte Anderson, den Mund voll Fruchtfleisch. »Es wäre so oder so passiert, egal, was Sie taten. Oder was ich getan hätte.«

Orville setzte sich neben Anderson. »Morgen früh ...«, begann er.

»Morgen früh? Es muß schon Tag sein.« Tatsächlich hatten sie keine Möglichkeit, dies festzustellen. Die einzigen noch funktionierenden Uhren – ein Wecker und zwei Armbanduhren – waren aus Sicherheitsgründen in einer Schachtel im Gemeinschaftsraum verwahrt worden. Keiner der Flüchtlinge hatte daran gedacht, den Kasten zu retten.

»Nun, wenn alle sich satt gegessen und ausgeschlafen haben, können Sie sie zur Arbeit einteilen. Wir haben eine Schlacht verloren, aber es gibt immer noch einen Krieg zu gewinnen.«

Orvilles Ton war höflich und optimistisch, aber Anderson fand ihn bedrückend. Daß sie nach der Katastrophe einen Zufluchtsort gefunden hatten, löschte die Erinnerung an die Katastrophe nicht aus. Im Gegenteil, nun, da er nicht mehr davonlief, wurde Anderson das Ausmaß der Katastrophe erst so recht bewußt. »Was für Arbeit?« fragte er, den Rest der Frucht hinunterschluckend.

»Was immer Sie befehlen, Sir. Erkundigungsexpeditionen. Das Anlegen eines Raums hier unten, um darin zu leben. Eine Expedition zurück zur Hauptwurzel, um die dort abgeworfenen Gegenstände zu bergen. Ich könnte mir denken, daß Sie sogar einen Kundschafter zum Gemeinschaftshaus zurückschicken werden, um zu sehen, ob irgend etwas aus der Asche gerettet werden kann.«

Anderson antwortete nicht. Verdrießlich wurde er sich bewußt, daß Orville recht hatte. Verdrießlich bewunderte er seine Findigkeit. Obwohl Orvilles Stil für Andersons Geschmack ein wenig zu eingebildet war, mußte er zugeben, daß der Bastard sich nicht leicht umwerfen ließ.

Es war seltsam, aber wenn Anderson über Orville nachdachte, verkrampfte sich sein ganzer Körper, wie für einen Kampf. Es war beinahe, als ob er getrunken hätte.

Orville sagte etwas.

»Was sagten Sie?« fragte Anderson in höhnischem Ton. Er hoffte, es wäre etwas, das ihm einen Vorwand geben würde, ihm die Fresse einzuschlagen, dem Klugscheißer.

»Ich sagte – ich bedauere sehr, was mit Ihrer Frau geschehen ist. Ich kann nicht verstehen, warum sie das getan hat. Ich weiß, wie Ihnen zumute sein muß.«

Andersons Fäuste öffneten sich, seine Backenmuskeln erschlafften. Er fühlte den Druck von Tränen hinter seinen Augen, den Druck, der die ganze Zeit dagewesen war, aber er wußte, daß er es sich nicht leisten konnte, ihm nachzugeben. Er konnte sich jetzt nicht die geringste Schwäche leisten.

»Danke«, sagte er. Dann schnitt er ein weiteres großes Stück aus dem festen saftigen Fruchtfleisch, brach es entzwei und gab die Hälfte davon Jeremiah Orville. »Sie haben Ihre Sache gut gemacht«, sagte er. »Ich werde es nicht vergessen.«

Orville überließ ihn seinen Gedanken und machte sich auf die Suche nach Blossom. Anderson, wieder allein, dachte in seinem steinernen, stumpfen Kummer an seine Frau. Er konnte nicht verstehen, warum sie, wie er glaubte, Selbstmord begangen hatte.

Er und die anderen würden niemals erfahren, daß sie um seinetwillen umgekehrt war. Er hatte noch nicht an die Bibel gedacht, die zurückgeblieben war, und später, wenn ihm die Erkenntnis kam, würde er den Verlust nicht mehr und nicht weniger als Gracies Tod oder die hundert anderen unwiederbringlichen Verluste hinnehmen, die er erlitten hatte. Aber Lady hatte richtig vorausgesehen, daß der alte Mann ohne diese Legitimation, die die Bibel seiner Autorität verlieh, hilflos sein würde, und daß seine Kraft, so lange bewahrt, bald zusammenbrechen würde, wie ein Dach, dessen Balken verfault sind. Aber sie hatte versagt, und ihr Versagen würde niemals verstanden werden.

Die lang aufgestauten Bedürfnisse verlangten in dieser Nacht Befriedigung. Die Sättigung mit Nahrung erzeugte in Männern und Frauen einen unstillbaren Hunger nach dem, was die strengen Regeln des Gemeinschaftsraums ihnen so lange verwehrt hatten. Hier, in Dunkelheit und Wärme, verloren diese Regeln ihre Gültigkeit, für eine kurze Stunde herrschte sexuelle Anarchie.

Hände begegneten Händen – wem sie gehörten, machte keinen Unterschied. Der Tod hatte sich nicht um die Trauscheine seiner Opfer gekümmert, und sie taten es auch nicht.

»Sie sind betrunken«,stellte Alice Nemerov fest. Sie, Maryann und Blossom saßen in einer separaten Nische, die sie in das Fruchtfleisch gegraben hatten, lauschten und versuchten das Stöhnen ringsum zu überhören. Obgleich jedes Paar bemüht war, so leise wie möglich zu sein, war der kumulative Effekt unüberhörbar, selbst für Blossom.

»Betrunken? Wie kann das sein?« fragte Maryann. Sie wollte nicht sprechen, aber Unterhaltung war die einzige Verteidigung gegen die wollüstigen Geräusche der Kopulationen in der Dunkelheit. Wenn sie sprach und Alices Worten lauschte, brauchte sie nicht dem Seufzen, Keuchen und Stöhnen zuzuhören und sich zu fragen, mit wem es ihr Mann treiben mochte.

»Wir sind alle betrunken, meine Lieben. Betrunken vom Sauerstoff. Es riecht hier wie in einem Sauerstoffzelt.«

»Ich rieche nichts«, sagte Maryann. Ihre Erkältung hatte das Stadium erreicht, in dem sie nicht einmal mehr den süßlichen, anisartigen Geruch der Frucht riechen konnte.

»Ich habe in einem Krankenhaus gearbeitet, also sollte ich es wissen. Wir sind alle berauscht.«

Blossom unterdrückte ein Kichern. Sie hatte wirklich nichts dagegen, berauscht zu sein, wenn es so war. Sie hatte ein Gefühl von schwebender Leichtigkeit. Sie hätte am liebsten gesungen, fühlte jedoch, daß das nicht angebracht war. Nicht jetzt.

»Schscht!« machte Alice.

»Entschuldigung«, gluckste Blossom. Dann, weil sie wußte, daß ihr Kichern falsch ausgelegt werden könnte, und weil sie wußte, was sich gehörte, drückte sie kramphaft die Fingerspitzen auf die Lippen und verstummte.

»Alles in Ordnung, meine Liebe?« fragte Alice und legte fürsorglich die Hand auf Maryanns angeschwollenen Bauch. »Ich meine, nach allem, was passiert ist . . .«

»Ja, es ist glaube ich alles in Ordnung.«

Das Gespräch verstummte. Hoch über ihnen ging der Angriff auf die Höhle weiter. Nun war es ein zorniges, beharrliches Geräusch, wie das Summen in einem Bienenstock. Maryann schüttelte den Kopf, das Summen machte sie nervös.

»Hier sind wir sicher«, beruhigte sie Alice.

»Mit wem er es wohl treibt?« platzte Maryann heraus.

»Wieso, du regst dich grundlos auf«, sagte Blossom. »Buddy ist wahrscheinlich mit Papa und Orville zusammen.«

Blossoms naive Überzeugung machte Maryann beinahe schwankend in ihrer Meinung. Es war möglich. Vor etwa einer Stunde war Orville zu Blossom gekommen und hatte gesagt, daß er ihren

Vater zu einer anderen Stelle führen wolle; er habe einen Weg in eine andere Wurzel gefunden, die noch tiefer in die Erde führte. Er hatte gefragt, ob Blossom mit ihm gehen wolle, oder ob sie es vorziehe, bei den Frauen zu bleiben?

Alice hatte entschieden, daß Blossom einstweilen bei ihnen bleiben sollte. Sie konnte später zu ihrem Vater gehen, wenn er sie bei sich haben wollte.

Anderson hatte die Laterne mitgenommen, und das war sozusagen das Stichwort für die folgenden Ereignisse gewesen. Die angestaute Energie eines Monats machte sich Luft und verhüllte für eine kleine Weile das Gesicht der Trauer, löschte das allzu deutliche Bewußtsein ihrer Niederlage aus.

Eine Hand tastete in der Dunkelheit nach Blossoms Schenkel. War es Orvilles Hand? Es konnte keine andere sein. Sie nahm die Hand, hob sie und preßte sie an die Lippen.

Es war nicht Orvilles Hand. Sie schrie entsetzt auf. Im nächsten Augenblick hatte Alice den Eindringling am Kragen gepackt. Er grunzte erschrocken.

»Neil!« rief sie erbost. »Du lieber Himmel! Er macht sich über seine Schwester her, dieser Saukerl! Verschwinden Sie! Gehen Sie doch zu Greta!«

»Halt die Schnauze!« grunzte Neil drohend. »Sie sind nicht meine Mutter!«

Nachdem es Alice schließlich gelungen war, Neil wegzustoßen, legte sie den Kopf in Blossoms Schoß. »Betrunken«, grollte sie schläfrig. »Völlig besoffen.« Dann begann sie zu schnarchen. Wenige Minuten später schlief auch Blossom, träumte — und erwachte mit einem leisen Schrei.

»Was ist?« forschte Maryann.

»Nichts, nur ein Traum«, sagte Blossom. »Schläfst du noch nicht?«

»Ich kann nicht.« Obwohl es jetzt völlig still war, lauschte Maryann noch immer. Was sie am meisten fürchtete, war, daß Neil seine Frau finden würde — mit Buddy ...

Buddy erwachte. Es war immer noch dunkel. Es würde nun immer dunkel sein hier unten. Neben ihm schlief eine Frau, mit der er Verkehr gehabt hatte. Er hatte keine Ahnung, wer sie war. Als er sich behutsam tastend vergewissert hatte, daß sie weder Greta noch Maryann sein konnte, zog er die Hosen hoch und machte sich davon. Fasern von dem widerlich süßen, klebrigen Fruchtfleisch hafteten an seinem nackten Rücken und an seinen Schultern.

Er fühlte sich immer noch wie betrunken. Betrunken und ausgelaugt. Ihn fröstelte, obwohl es nicht kalt war. Doch nun, da er daran dachte, fühlte er die Kälte. Er hatte eine Gänsehaut.

Wie er so auf Händen und Knien durch die Dunkelheit kroch, tappte er in ein anderes schlafendes Paar. »Huh?« sagte die Frau schlaftrunken. Es war Greta. Er kroch weiter.

Er fand eine Stelle, wo das Fruchtfleisch nicht zertrampelt und aufgerissen war, und preßte seinen Körper rückwärts hinein. Sobald man sich an das klebrige Gefühl gewöhnt hatte, war es durchaus bequem: weich, warm, behaglich.

Er wollte Licht: Sonnenlicht, Lampenlicht, das rote, flackernde Licht des Feuers. Etwas an der gegenwärtigen Situation erschreckte ihn in einer Weise, die er nicht verstand, nicht definieren konnte. Es war mehr als die Dunkelheit. Er dachte darüber nach, und als er einschlummerte, fiel es ihm ein:

Maden!

Sie waren wie Maden, die in einer Frucht lebten.

10

Die Fruchtknollen der Pflanze, so nahrhaft sie waren, hatten Nebenwirkungen. Einen Monat nach ihrer Flucht in die Wurzeln litten sie alle unter Durchfall, Blähungen und Leibschmerzen. Schlimmer als die Verdauungsbeschwerden aber waren die Erkältungen. Fast alle hatten darunter zu leiden, und es gab keine Abhilfe außer Geduld, Schlaf und dem Willen, sich zu erholen. In den meisten Fällen reichten diese drei Faktoren aus, aber in vier Fällen hatte sich aus der Erkältung eine Lungenentzündung entwickelt. Einer dieser Fälle war Denny Stromberg. Alice Nemerov tat was sie konnte, doch wie sie selbst eingestand, konnte sie nichts tun.

Buddy kletterte an dem Seil aus den Knollen in die eigentliche Wurzel. Hier mußte er gebückt gehen, denn der Hohlraum in der Wurzel hatte nur etwa eineinhalb Meter Durchmesser. Im Laufe des letzten Monats waren sie nach und nach weiter in die Tiefe gezogen und befanden sich jetzt nach Orvilles Schätzung wenigstens zweihundertfünfzig Meter unter der Erdoberfläche. In dieser Tiefe betrug die Temperatur ständig etwa fünfzehn Grad Celsius.

Plötzlich hörte er ein Rascheln. »Wer ist da?« fragten Buddy und Maryann gleichzeitig.

»Was machst du hier?« fragte Buddy seine Frau in verdrießlichem Ton.

»Ich mache Stricke — aber frag mich nicht, warum. Es gibt mir was zu tun. Ich habe ein paar von diesen rankenähnlichen Dingern aufgefasert, und nun drehe ich sie wieder zusammen.«

»Hier, nimm meine Hände — zeig mir, wie es gemacht wird.«

»Du?« Als Buddys Hände die ihren berührte, arbeitete sie weiter, damit ihre Finger nicht zitterten. »Warum willst du das tun?«

»Wie du sagst — es ist ein Zeitvertreib.«

Sie begann seine ungeschickten Finger zu führen, aber es verwirrte sie beide, daß seine rechte Hand in ihrer linken war, und umgekehrt. »Vielleicht sollte ich mich hinter dich setzen . . .« schlug sie vor. Aber wie sich zeigte, konnte sie mit ihren Armen nicht um seine Brust reichen. Ihr Bauch war im Weg.

»Wie geht es ihm?« fragte Buddy. »Wird es noch lange dauern?«

»Gut geht es ihm. Es sollte jetzt jeden Tag soweit sein.«

Aus der Richtung des Knollens erklang Gretas Kichern, begleitet von Clays dröhnendem Lachen.

»Glaubst du, daß es schon Aschermittwoch ist?« fragte Maryann.

»Ich würde sagen, noch eine Woche. Selbst wenn wir oben wären, und die Sonne sehen könnten, würden wir es nicht genau feststellen können.«

»Dann könnte Blossom heute Geburtstag haben. Wir sollten sie daran erinnern.«

»Wie alt ist sie jetzt? Dreizehn?«

»Das solltest du sie lieber nicht hören lassen. Sie ist vierzehn und sehr stolz darauf.«

Plötzlich war der gequälte Aufschrei einer Frau zu hören. Buddy verließ Maryann, um herauszubringen, was geschehen war. Nach kurzer Zeit kehrte er zurück. »Mae Stromberg«, sagte er. »Ihr Denny ist tot. Alice Nemerov kümmert sich um sie.«

»Lungenentzündung?«

»Ja, und er konnte keine Nahrung bei sich behalten.«

»Ach, der arme Junge.«

Die Pflanze war ein bewundernswerter Organismus. Je mehr man über sie erfuhr, desto mehr mußte man sie bewundern — wenn man zu den Leuten gehörte, die solche Dinge bewundern können.

Zum Beispiel die Wurzeln. Sie waren hohl. Die Wurzeln vergleichbarer Pflanzen irdischer Herkunft waren massiv und durch und durch verholzt. Aber wozu? Die Masse solcher Wurzeln ist funktionslos, tote Materie. Neben der Funktion der Verankerung hat eine Wurzel nur den Zweck, Wasser und Mineralstoffe aus dem Boden zu saugen und zu den Blättern zu transportieren. Um dies zu tun, muß eine Wurzel elastisch und fest genug sein, dem ständigen Druck von Erde und Gestein zu widerstehen. All das bewerkstelligten die Hohlwurzeln der Pflanze ausgezeichnet und, betrachtete man die Dimensionen der Pflanze, besser als jeder irdische Baum oder Busch.

Der größere offene Raum im Innern der Wurzel erlaubte den schnelleren Transport von mehr Wasser. Die Gefäße, die Wasser durch eine gewöhnliche Wurzel transportierten, hatten nicht ein Zehntel von der Kapazität der dehnbaren Kapillaren an den Innenwänden der Hohlwurzeln. In ähnlicher Weise konnten diese Kapillargefäße an einem einzigen Tag Tonnen von flüssiger Glukose und anderen Materialien von den Blättern hinunter zu den Fruchtknollen und den Wurzeln der untersten Ebenen transportieren. Der Hohlraum im Innern der Wurzel diente einem weiteren Zweck: Er versorgte den umfangreichen unterirdischen Teil der Pflanze mit Luft. Diese Wurzeln, die sich tief unter den sauerstoffhaltigen Humus erstreckten, hatten keine unabhängige Sauerstoffversorgung, wie dies bei den Wurzeln irdischer Bäume der Fall ist. Der Sauerstoff mußte ihnen zugeführt werden. Darum atmete die Pflanze von den Blattspitzen bis hinunter zu den feinsten Wurzelausläufern. Es war diese Fähigkeit zu schnellem und mengenmäßig bedeutendem Stoffwechsel, der die außergewöhnliche Wachstumsrate der Pflanze möglich machte.

Die Pflanze war wirtschaftlich; sie verschwendete nichts. Während ihre Wurzeln tiefer in den Boden eindrangen und sich verstärkten, verdaute die Pflanze sogar sich selbst und formte so die Höhlung, in der sich dann das komplizierte Netzwerk der Kapillargefäße entwickeln konnte. Das Holz, das nicht länger für die Erhaltung einer steifen äußeren Skelettstruktur benötigt wurde, konnte aufgelöst und zu Nahrung verarbeitet werden.

Aber die fundamentale Überlegenheit dieser Pflanzen beruhte auf keinem dieser Einzelfaktoren, sondern auf der Tatsache, daß alle Pflanzen *eine* Pflanze waren. Wie bestimmte Insektenarten durch soziale Organisation erreicht haben, was ihren individuellen Mitgliedern unerreichbar sein würde, so hatten die einzelnen Pflanzen durch die Bildung eines einzigen, unteilbaren Ganzen ihre Leistung ungemein erhöht. Materialien, die einer Pflanze nicht zur Verfügung standen, waren bestimmt einer anderen erhältlich und wurden durch Wurzelkanäle weitergeleitet und ausgetauscht. Wasser, Mineralstoffe, Luft – alle wurden im Geiste eines wahren Kommunismus geteilt: Jeder nach seinen Fähigkeiten, jedem nach seinen Bedürfnissen. Die Hilfsquellen eines ganzen Kontinents standen der Pflanze zur Verfügung; sie benötigte nicht viel.

Der Sozialisationsmechanismus der individuellen Pflanzen war sehr einfach. Sobald die ersten Zweigwurzeln von der vertikalen Hauptwurzel ausgingen, bewegten sie sich durch eine Art Tropismus auf die verwandten Zweigwurzeln anderer Pflanzen zu. Begegneten sie einander, so verwuchsen sie. Dieser Verschmelzungsprozeß fand bei wachsender unterirdischer Ausdehnung immer wieder statt, bis schließlich ein Labyrinth aus unzähligen Querverbindungen auf verschiedenen Ebenen entstand.

Man mußte die Pflanze bewundern. Sie war ein leistungsfähiges, schönes und kompliziertes Lebewesen – wenn man sie so objektiv betrachtete, wie Jeremiah Orville es tat.

Natürlich hatte sie Vorteile gehabt, die anderen Pflanzen verwehrt geblieben waren. Sie hatte sich nicht allmählich ausbreiten müssen, sondern war von Anfang an massenhaft ausgesät worden. Sie wurde auch sehr gut gepflegt.

Dennoch gab es Schädlinge. Aber darum kümmerte man sich bereits. Schließlich war dies ihre erste Anbauperiode auf der Erde.

Als Anderson, Orville und die anderen Männer von der Erkundungsexpedition dieses Tages zurückkehrten, war Mae Stromberg verschwunden, und mit ihr der Leichnam ihres Sohnes. In ihren letzten Stunden mit dem sterbenden Jungen hatte sie kein Wort gesagt und keine Träne geweint, und als er starb, hatte sie nur einen spitzen Schrei ausgestoßen. Den Verlust ihres Mannes und ihrer Tochter hatte sie viel weniger gefaßt ertragen; vielleicht hatte sie damals noch geglaubt, sich gegen das Schicksal auflehnen zu können. Nun war ihr nur noch Verzweiflung und Resignation geblieben.

Sie waren nun noch neunundzwanzig Überlebende, Mae Stromberg nicht mehr mitgerechnet. Anderson berief sofort eine Versammlung ein. Von den neunundzwanzig waren zwei Frauen, die noch mit Lungenentzündung darnieder lagen, und Alice Nemerov, die sie pflegte, abwesend.

»Ich fürchte«, begann Anderson nach einem kurzen Gebet, »daß wir auseinanderfallen. Ich kann niemanden hier für Mae Strombergs Davonlaufen verantwortlich machen. Ich kann auch ihr selbst keine Schuld geben. Aber wir, die wir von der göttlichen Vorsehung hierher geführt worden sind, daß heißt diejenigen von uns, die ...«

Er brach ab, hatte den Faden verloren — eine Konzentrationsschwäche, die er in letzter Zeit immer häufiger zeigte. Er fuhr mit der Hand über die Stirn und holte tief Atem.

»Was ich sagen will, ist dies: Wir können nicht einfach herumliegen und von Milch und Honig leben. Es gibt Arbeit zu tun. Wir müssen uns auf die vor uns liegenden Prüfungen vorbereiten, und ... und das heißt, wir dürfen nicht verweichlichen.

Heute bin ich tiefer in dieses teuflische Labyrinth vorgedrungen, und ich habe festgestellt, daß die Knollenfrüchte tiefer unten besser sind, kleiner und fester, weniger von dieser Zuckerwatte. Ich habe auch festgestellt, daß es dort weniger von diesem betäubenden Sauerstoff gibt, der dazu beigetragen hat, daß wir uns hier oben in ... in einen Haufen von — wie war das Wort?«

»Lotusesser«, sagte Orville.

»Genau. In einen Haufen von Lotusessern verwandelt haben. Nun, das muß aufhören!« Er schlug mit der geballten Faust energisch in die Handfläche seiner Linken.

Greta, die während der zweiten Hälfte seiner Ansprache ihre Hand gehoben hatte, meldete sich nun unaufgefordert zu Wort. »Darf ich eine Frage stellen?«

»Was ist, Greta?«

»Welche Arbeit ist zu tun? Ich sehe nicht, was wir vernachlässigt haben könnten.«

»Nun, wir haben überhaupt keine Arbeit getan, Mädchen, nicht wahr? Das ist ganz klar.«

»Das beantwortet meine Frage nicht.«

Anderson war sprachlos über diesen Affront — und ausgerechnet von ihr! Vor zwei Monaten noch hätte er sie als Ehebrecherin steinigen lassen können — und nun prahlte diese schamlose Hure vor allen anderen mit ihrem Stolz und ihrer Aufsässigkeit.

Er hätte ihre Herausforderung mit einem Schlag ins Gesicht

beantworten sollen. Er hätte diesen Stolz unterdrücken sollen, indem er öffentlich bekanntmachte, was sie war: eine Hure – schuldig des Ehebruchs mit ihres Mannes Bruder. Daß er ihren Angriff nicht sofort erwiderte, war eine Schwäche, und auch das konnte jeder sehen.

Nach einer langen, unheilverkündenden Stille kehrte er zu seiner Ansprache zurück, als habe es keine Unterbrechung gegeben. »Wir müssen aktiv werden! Wir können nicht so herumliegen und uns gehenlassen. Von nun an werden wir in Bewegung bleiben. Jeden Tag. Wir werden nicht an einem Ort herumsitzen. Wir werden erforschen!«

»Es gibt nichts zu erforschen, Mr. Anderson. Und warum sollten wir jeden Tag herumziehen? Warum nicht einen Raum aushöhlen, der bequem ist, und dort leben? In einer von diesen großen Kartoffeln ist genug Nahrung für ...«

»Genug! Das genügt, Greta! Ich habe alles gesagt, was ich dazu sagen werde! Morgen werden wir ...«

Greta stand auf, doch anstatt nach vorn ins Lampenlicht zu treten, wich sie zurück. »Es ist nicht genug! Ich habe genug von dir! Ich habe es satt, von dir herumkommandiert zu werden, als ob ich eine Sklavin wäre. Ich habe die Schnauze voll. Ich bin bedient! Mae Stromberg hatte völlig recht, als sie ...«

»Setz dich, Greta!« befahl der alte Mann, dessen schriller Tonfall nun Hilflosigkeit verriet. »Setz dich hin und halt den Mund!«

»Fällt mir nicht ein! Nicht ich! Nicht mehr! Ich gehe! Ich hab's satt! Von nun an werde ich tun, was mir gefällt! Und jeder, der mitkommen will, ist herzlich eingeladen!«

Anderson zog seine Pistole und fuchtelte damit herum, dann zielte er auf sie, auf die schattenhafte Gestalt am Rand des Lichtscheins. »Neil, sag deiner Frau, sie soll sich setzen. Wenn sie es nicht tut, werde ich sie erschießen. Und das ist keine leere Drohung, ich werde es tun – bei Gott, ich werde es tun!«

»Setz dich schon hin, Greta«, drängte Neil.

»Du wirst mich nicht erschießen – und willst du wissen, warum du mich nicht erschießen wirst? Weil ich schwanger bin! Du würdest doch nicht dein eigenes Enkelkind ermorden, oder? Und es gibt keinen Zweifel, daß es dein Enkel ist!«

Es war eine glatte Lüge, frei aus der Luft gegriffen, aber sie erfüllte ihren Zweck.

»Mein Enkelkind?« flüsterte Anderson entgeistert. »Mein Enkelkind!« Er richtete seine Pistole auf Buddy. Seine Hand zitterte – ob aus Wut oder aus Schwäche, war nicht festzustellen.

»Ich war's nicht«, platzte Buddy heraus. »Ich schwöre, daß ich es nicht war!«

Greta war in der Dunkelheit verschwunden, und drei Männer sprangen auf, um ihr zu folgen. Als Anderson ihre Absicht erkannte, feuerte er vier Kugeln hinter ihnen her, die alle den Rücken des letzten Mannes trafen. Dann, von Erregung und Schwäche übermannt, brach er über der Laterne zusammen und löschte sie aus.

Der Mann, den er in den Rücken geschossen hatte, war Clay Kestner. Eine der vier Kugeln hatte Clays Brustkorb glatt durchschlagen und war in das Gehirn einer Frau gedrungen, die bei Andersons erstem Schuß in Panik aufgesprungen war.

Sie waren jetzt noch vierundzwanzig in der Gruppe. Greta und die beiden Männer, die mit ihr gegangen waren, nicht mitgerechnet.

11

Anderson fiel das Haar in Büscheln aus. Er machte die Ernährung dafür verantwortlich. Die mageren, aus der Feuersbrunst geretteten Lebensmittelvorräte waren bis zum letzten Maiskorn rationiert worden, und was jetzt noch übrig war, war für Maryann und als Saatgut reserviert – wenn sie im Frühling an die Oberfläche zurückkehrten.

Anderson kratzte seine schuppige Kopfhaut und verwünschte die Pflanze, aber es war eine halbherzige Verwünschung – als ob er gegen einen Arbeitgeber murrte, anstatt mit einem Feind ins Gericht zu gehen. Sein Haß war von Dankbarkeit zersetzt; seine Kraft verließ ihn.

Immer öfter grübelte er über die Frage nach, wer sein Nachfolger werden sollte. Es war eine gewichtige Frage: Er war vielleicht der letzte Führer der Welt – beinahe ein König, doch zweifellos ein Patriarch.

Obwohl er an das Erstgeburtsrecht glaubte, fragte er sich, ob ein Unterschied von nur drei Monaten nicht zu Gunsten des jüngeren Sohns konstruiert werden könnte, und hatte sich daher angewöhnt, die Jungen als Zwillinge zu behandeln – unparteiisch.

Für jeden der beiden ließ sich etwas anführen — aber bei keinem war es genug. Neil war ein fleißiger, geduldiger Arbeiter. Er nörgelte nie und war stark; er hatte die Instinkte einer Führerpersönlichkeit, aber die anderen notwendigen Fähigkeiten fehlten ihm. Er war dumm: Anderson konnte nicht umhin, sich dies einzugestehen. Er war auch ... nun, gestört. Wie oder warum er gestört war, wußte Anderson nicht, obgleich er argwöhnte, daß Greta in irgendeiner Weise dafür verantwortlich war. Beim Überdenken dieses Problems neigte er dazu, es flüchtig und unbestimmt einzugrenzen; er wollte die Wahrheit nicht sehen, wenn es sich vermeiden ließ.

Buddy wiederum hatte viele von den Qualitäten, die seinem Halbbruder fehlten, war aber nicht zuverlässig. Er hatte es bewiesen, indem er seinerzeit trotz strengster Mißbilligung seines Vaters nach Minneapolis gegangen war; er hatte es beim Erntedankfest abermals und schlüssig bewiesen. Anderson hatte seinen Sohn dabei überrascht, als dieser im Begriff war, den ehebrecherischen Akt mit der Frau seines Bruders zu vollziehen. Und das in der Kirche! Um der Sünde eine Blasphemie hinzuzufügen! Damit war völlig klar geworden, daß Buddy nicht geeignet war, ihm in seinem Amt nachzufolgen. Im Alter hatte Anderson einen irrationalen Abscheu vor Ehebruch entwickelt. Daß er selbst einmal einen Ehebruch begangen hatte und daß eines seiner Kinder die Frucht einer solchen sündigen Verbindung war, kam ihm nicht in den Sinn. Er hatte es verdrängt. Hätte man es ihm vorgehalten, so würde er es entrüstet geleugnet haben — in gutem Glauben.

Lange Zeit hatte es ausgesehen, als ob keiner seinen Platz würde einnehmen können. Darum hatte er allein weitermachen müssen. Jedesmal, wenn seine Söhne Schwächen zeigten, hatte Anderson einen Zuwachs von Kraft und Willensstärke gefühlt. Insgeheim hatte er ihr Versagen genossen.

Dann hatte Jeremiah Orville die Szene betreten. Im August war Anderson von Gründen, die ihm obskur und im Rückblick wie ein Zeichen Gottes erschienen, dazu bewegt worden, das Leben dieses Mannes zu schonen. Heut erbebte er bei seinem Anblick — wie Saul erbebt haben mußte, als er zum erstenmal begriff, daß der junge David ihn und seinen Sohn Jonathan verdrängen würde. Anderson bemühte sich verzweifelt, dies zu leugnen und sich zugleich an seinen offensichtlichen Nachfolger zu gewöhnen. Während er seinen Willen allmählich dieser unerfreulichen Aufgabe beugte (denn obwohl er Orville bewunderte, mochte er ihn nicht), verließen ihn seine Kraft und seine Zuversicht im gleichen Maße. Orville tötete ihn, ohne es zu wissen.

Es war Abend. Das hieß, sie waren wieder bis zur Erschöpfung gewandert. Da Anderson der Maßstab dessen war, was als Erschöpfung galt, war für alle anderen offenbar, daß der alte Mann schwächer und schwächer wurde; jeder Tag war kürzer als der vorangegangene.

Der alte Mann kratzte seine schuppige Kopfhaut und fluchte ... Er verfluchte etwas, konnte sich aber nicht genau besinnen, was es war, und schlief darüber ein, ohne daran zu denken, die übliche Zählung der Anwesenden durchzuführen. Orville, Buddy und Neil machten die Zählung für ihn. Orville und Buddy kamen auf vierundzwanzig. Neil war aus unerfindlichen Gründen auf sechsundzwanzig gekommen.

»Aber das ist unmöglich«, erklärte Buddy.

Neil gab nicht nach: Er hatte sechsundzwanzig gezählt. »Denkst du, ich kann nicht zählen, Teufel noch mal?«

Seit Gretas Verschwinden war ungefähr ein Monat vergangen, doch alle hatten das Gefühl für den Ablauf der Tage und Wochen verloren. Manche behaupteten, es sei erst Februar, andere waren der Meinung, es sei bereits März. Von gelegentlichen Expeditionen zur Oberfläche wußten sie nur, daß es noch immer Winter war. Mehr brauchten sie nicht zu wissen.

Nicht alle nahmen an diesen Expeditionen teil. Außer Anderson, seinen zwei Söhnen und Orville gehörten nur drei weitere Männer zum aktiven Kern der Gruppe. Für alle anderen, vor allem aber für Maryann und Alice, denen man das Kriechen durch Wurzeln nicht zumuten konnte, war wieder ein permanentes Lager eingerichtet worden. Die Zahl derer, die sich selbst als aktionsunfähig einschätzten, war täglich gewachsen, bis es genau so viele Lotusesser gab wie zuvor. Anderson versuchte die Situation zu ignorieren, denn er mußte fürchten, daß Unnachgiebigkeit nur noch eine schlimmere Situation provozieren würde.

Anderson führte die Männer auf der üblichen Route nach oben, die sie durch Stricke markiert hatten.

Sie waren nicht mehr weit von der Erdoberfläche entfernt, als sie auf die Ratten stießen. Zuerst war es wie das Summen eines Bienenstocks, bloß höher in der Tonlage. Die Männer dachten im ersten Moment, die Feuerteufel hätten den Weg in die Wurzeln gefunden. Als sie sich in die Zweigwurzel vorwagten, aus der das Geräusch kam, wuchs das Summen zu einem Kratzen und Quietschen. Die Dunkelheit jenseits des Lichtscheins der Laterne geriet in Bewegung und löste sich in einzelne Schatten auf, als Tausende von Ratten übereinander sprangen und krabbelten, um tiefer in die Frucht zu kommen. Die Wände des Wurzelgangs waren von Ratten völlig zernagt und durchlöchert.

»Ratten!« rief Neil. »Sagte ich nicht, daß es Ratten waren, die oben in der Höhle diese Wurzel angenagt hatten? Sagte ich das nicht, he? Nun, hier sind sie. Es muß Millionen von ihnen geben.«

»Wenn nicht jetzt, so werden es doch bald soviele sein«, pflichtete ihm Orville bei. »Ich frage mich, ob sie alle in dieser einen Zweigwurzel hausen?«

»Was macht es schon für einen Unterschied?« fragte Anderson ungeduldig. »Sie haben uns bisher in Ruhe gelassen, und ich habe kein Bedürfnis, ihnen Gesellschaft zu leisten. Sie scheinen zufrieden zu sein, hier in diesem verdammten Apfel zu fressen, und ich habe nichts dagegen. Von mir aus können sie diesen und alle anderen auffressen. Vielleicht können sie diesen Pflanzen den Garaus machen.« Er fühlte, daß er zu weit gegangen war und sagte entschuldigend: »Wir können ohnehin nichts gegen eine Armee von Ratten ausrichten. Ich habe in meinem Schießeisen noch eine Patrone. Ich weiß nicht, wofür ich sie aufspare, aber bestimmt nicht für eine Ratte.«

»Ich dachte an die Zukunft, Mr. Anderson. Mit all dieser Nahrung und ohne natürliche Feinde werden diese Ratten sich explosionsartig vermehren. Sie mögen heute noch keine Bedrohung unseres Nahrungsvorrats darstellen, aber was wird in sechs Monaten sein? Oder in einem Jahr?«

»Wenn der Sommer kommt, Jeremiah, werden wir nicht mehr hier unten leben. Dann können die Ratten alles für sich haben.«

»Selbst wenn wir an die Oberfläche zurückkehren, wir werden von den Knollen abhängig bleiben. Sie sind die einzige Nahrung, die uns geblieben ist – es sei denn, Sie wollen die Ratten als Fleischvieh züchten. Mir persönlich hat der Geschmack dieser Viecher nie zugesagt. Und selbst wenn wir uns darauf verlassen, daß der See uns genug Fische liefern wird, müssen wir an den nächsten Winter denken. Das wenige Saatgut, das uns geblieben ist, kann niemals eine Ernte abwerfen, die uns über den nächsten Winter bringen würde. Mir gefällt dieses Leben auch nicht besser als Ihnen, aber es ist eine Möglichkeit zu überleben, und vorläufig die einzige.«

»Mann, das ist doch großer Quatsch!« sagte Neil, um seinen Vater zu unterstützen.

Anderson sah müde und erschöpft aus, und die Laterne, die er hochgehalten hatte, um die Rattenlöcher in den Wänden der Wurzel zu untersuchen, sank herab. »Sie haben recht, Orville, wie gewöhnlich.« Seine Lippen kräuselten sich in einem zornigen Lächeln, und er trat mit dem bloßen Fuß nach einem der Biester. »Bastarde!« schrie er. »Gesindel!« Das Quietschen und Rascheln, das etwas leiser geworden zu sein schien, verstärkte sich wie in Antwort auf Andersons Herausforderung.

Orville legte eine Hand auf des alten Mannes Schulter. Anderson zitterte am ganzen Körper in hilfloser Wut. »Aber Mr. Anderson«, sagte Orville beschwichtigend, »bitte!«

»Der Bastard hat mich gebissen«, murrte Anderson.

»Unsinn. Sie haben ihre Zehen an der Wand abgeschürft. Wir dürfen sie jetzt nicht auseinanderjagen. Am besten wäre es . . .«

»Hat mir den halben Zeh weggebissen«, beharrte Anderson, als habe er nicht gehört. Er bückte sich, die Zehen zu untersuchen. »Der Bastard.«

». . . sie hier einzuschließen. Alle Wege aus dieser Knollenfrucht zu verbarrikadieren. Andernfalls werden sie sich bald über das ganze unterirdische System ausbreiten.«

»Wie wollen wir dann rauskommen?« wandte Neil ein.

»Ach, halt's Maul, Neil«, sagte Anderson verdrossen. »Wie wollen Sie das machen?« fragte er Orville. »Wir haben nichts, durch das sich eine hungrige Ratte nicht in fünf Minuten einen Weg fressen könnte.«

»Aber wir haben eine Axt. Wir können die Wände der Wurzel so schwächen, daß sie eingedrückt werden. Der Druck des Gesteins muß in dieser Tiefe beträchtlich sein. Die Wandungen dieser Wurzel sind zwar sehr hart, aber wenn wir genug davon heraushacken, und das an den richtigen Stellen, werden Erde und Gestein den Hohlraum blockieren. Ratten können sich nicht durch dichtgepackte Gesteinstrümmer beißen. Es besteht eine gewisse Gefahr, daß der Einsturz sich unserer Kontrolle entziehen könnte, aber ich glaube, diese Gefahr ist gering. Ein Bergbauingenieur hat eigentlich Stolleneinbrüche zu verhüten, aber er hat durch seine Ausbildung auch die Kenntnisse, sie hervorzurufen.«

»Ich werde Sie einen Versuch machen lassen«, sagte Anderson. »Buddy, geh zurück und hol die Axt und alle anderen scharfkantigen Gegenstände. Und sag diesen faulen Schmarotzern, daß sie gefälligst raufkommen sollen. Neil und ihr anderen stellt euch an den Eingängen von dieser Kartoffel auf und seht zu, daß die Ratten drinnen bleiben. Sie scheinen noch nicht herauszuwollen, aber das kann sich ändern, wenn die Wände nachgeben. Orville, Sie kommen mit mir und zeigen mir, was Sie vorhaben. Nicht daß uns die ganze Sache auf die Köpfe fällt, wenn wir ... verdammt noch mal!«

»Was ist los?«

»Mein Zeh! Ob Sie es glauben oder nicht, die verdammte Ratte hat wirklich ein Stück herausgebissen. Nun, wir werden es diesem Gesindel zeigen!«

Die Ausrottung der Ratten war ein voller Erfolg. Orville bearbeitete die erste Wurzel an der Stelle, wo sie sich weitete, um in die harte, sphärische Schale der Knollenfrucht überzugehen. Er arbeitete Stunden, schlug dünne Holzsplitter aus den Wänden und lauschte auf Anzeichen des Zusammenbruchs, um rechtzeitig die Flucht ergreifen zu können. Als es dann passierte, kam es ganz plötzlich. Orville hörte ein leises Knistern und sprang zurück, und fast im gleichen Augenblick war er von donnerndem Gepolter und einer Staubwolke umgeben. Die Druckwelle riß ihn um und schleuderte ihn meterweit in den Gang zurück.

Der größte Teil der Zweigwurzel war zusammengedrückt worden.

Beobachter an den anderen Zugängen meldeten keine entkommenen Ratten, aber es hatte einen Todesfall gegeben: einer der Männer war genau im falschen Augenblick hineingegangen, um sich eine Handvoll Fruchtfleisch zu holen.

Anderson war nicht Zeuge der Ereignisse gewesen; er erlitt kurz nachdem Orville mit seiner Arbeit begonnen hatte, einen Schwächeanfall. Er wollte es nicht glauben, als es ihm gemeldet wurde. Orvilles Erklärung überzeugte ihn nicht. »Was hat dieser Buckminster Soundso damit zu tun? Ich stelle eine einfache Frage, und Sie verbreiten sich über geologische Einzelheiten.«

»Es ist nur eine Annahme. Die Wandungen der Wurzeln müssen enormen Drücken widerstehen. Buckminster Fuller war ein Architekt, der sich mit solchen Problemen beschäftigte. Er entwarf Konstruktionen, bei denen der ganze Körper zerfiel, wenn der schwächste Teil nachgab.

»Sehr interessant, über Buckminster Fuller zu hören. Bei ihrem Experiment ist ein Mann ums Leben gekommen!«

»Tut mir leid, Sir. Ich weiß, daß es meine Verantwortung war. Ich hätte die Angelegenheit mehr durchdenken sollen, bevor ich damit anfing.«

»Jetzt läßt es sich nicht mehr ändern. Suchen Sie Alice und bringen Sie sie zu mir. Ich glaube, ich habe Fieber – und dieser Rattenbiß schmerzt mit jeder Minute mehr.«

Seine Verantwortung, in der Tat! dachte Anderson, als Orville ihn verlassen hatte. Nun, bald würde es wirklich seine Verantwortung sein. Der alte Mann begriff, daß er eine Versammlung einberufen mußte, solange er noch bei klarem Verstand war, um die Sache öffentlich zu regeln.

Aber das würde einer Abdankung gleichkommen. Nein, er würde sich Zeit lassen.

Unterdessen hatte er eine neue Idee – eine Methode, Orville zu seinem legitimen Nachfolger zu machen: Orville mußte durch Heirat Andersons ältester Sohn werden.

Doch hatte er auch Bedenken gegen diesen Schritt. Blossom erschien ihm noch immer sehr jung – kaum mehr als ein Kind. Noch vor ein paar Monaten hatte er sie mit den anderen Kindern auf dem Boden des Gemeinschaftsraums spielen sehen. Ob sie heiratsfähig war? Er würde mit Alice Nemerov darüber sprechen. Eine Frau wußte über solche Sachen immer am besten Bescheid. Anderson und Alice waren die beiden ältesten Überlebenden. Diese Tatsache und der Tod von Andersons Frau hatte sie wohl oder übel zu Vertrauten gemacht.

Während er auf sie wartete, befühlte er seinen Fuß. Die Zehe, in die ihn die Ratte gebissen hatte, war gefühllos, aber die Schmerzen hatten nun auf den ganzen Fuß übergegriffen.

Als an diesem Abend die Zählung durchgeführt wurde, kamen Orville und Buddy beide auf dreiundzwanzig. Neil zählte diesmal zweiundzwanzig.

»Er ist eben etwas langsamer«, scherzte Buddy. »Geben wir ihm Zeit. Er wird uns noch einholen.«

Alice Nemerov wußte, daß Anderson sterben würde. Nicht nur

weil sie Krankenschwester war und deshalb eine Blutvergiftung in ihrem unauffälligen Anfangsstadium diagnostizieren konnte. Sie hatte es schon lange erkannt, schon als seine Schwächeanfälle noch seltener gewesen waren. Wenn ein alter Mensch sich anschickt zu sterben, kann ein geübtes Auge unschwer zahlreiche Symptome erkennen. Aber weil sie Krankenschwester war, und weil sie den alten Mann gegen ihren Willen schätzen gelernt hatte, versuchte sie etwas zu tun, um sein Leben zu verlängern.

Aus diesem Grund hatte sie ihn überredet, noch nicht mit Orville und Blossom über seine Absichten zu sprechen. Sie führte ihn von Tag zu Tag, indem sie ihm immer wieder Hoffnung machte.

Zuerst, als die Hoffnung noch real gewesen war, hatte sie die Infektion auszusaugen versucht, doch es war bereits zu spät. Nun war sein Fuß angeschwollen und von einem stumpfen, toten Blau. Der Verfall würde sehr rasch einsetzen, wenn er nicht bereits begonnen hatte.

»Warum saugen Sie die Wunde nicht wieder aus?« fragte Neil. Es hatte ihm ein perverses Vergnügen bereitet, ihr dabei zuzusehen.

»Es würde jetzt nicht mehr nützen. Er wird bald sterben.«

»Sie könnten es versuchen. Das ist das mindeste, was Sie tun könnten.« Neil bückte sich und untersuchte das Gesicht seines schlafenden Vaters aus der Nähe. »Atmet er jetzt leichter?«

»Manchmal geht sein Atem sehr schwer. Zuweilen scheint er überhaupt nicht zu atmen. Beide Symptome sind nicht ungewöhnlich.«

»Seine Füße sind kalt«, sagte Neil.

»Was haben Sie erwartet?« erwiderte Alice barsch. »Ihr Vater liegt im Sterben, begreifen Sie das nicht? Nur eine Amputation könnte ihn noch retten, aber in seinem Zustand würde er eine Amputation nicht überleben. Er ist abgenutzt, verbraucht, ein alter Mann. Er will sterben.«

»Das ist doch nicht meine Schuld, oder?« rief Neil. Der Lärm weckte Anderson für einen Moment aus seinem Dämmerzustand und Neil ging fort. Sein Vater hatte sich in den letzten paar Tagen so sehr verändert, daß Neil sich in seiner Nähe unbehaglich fühlte. Es war wie das Beisammensein mit einem Fremden.

»Das Baby — ist es ein Junge oder ein Mädchen?« Seine Stimme war kaum hörbar.

»Wir wissen es noch nicht, Mr. Anderson. Es kann noch eine

Stunde dauern, aber nicht länger. Alles ist bereit. Buddy stieg an die Oberfläche hinauf und holte einen Eimer Schnee — er sagt, es tobe ein richtiger Märzsturm —, und wir haben das Messer sterilisieren können und ein paar Stücke Baumwolle ausgewaschen. Ich bin überzeugt, daß alles gut gehen wird.«

»Wir müssen beten.«

»Sie müssen beten, Mr. Anderson. Sie wissen, ich halte nichts von solchen Dingen.«

Anderson lächelte. Der nahe Tod schien den alten Mann mild zu stimmen; er war niemals sympathischer gewesen als jetzt. »Sie sind genau wie meine Frau, genau wie Lady. Sie muß nun in der Hölle schmoren, für ihre Sünden und ihre Spottlust, aber die Hölle kann nicht viel schlimmer sein als dies hier. Aber irgendwie kann ich sie mir dort nicht vorstellen.«

»Richtet nicht, auf daß ihr nicht gerichtet werdet, Mr. Anderson.«

»Ja, auf diesem Wort würde Lady auch herumreiten. Es war ihre liebste Bibelstelle.«

Buddy unterbrach sie: »Es ist soweit, Mrs. Nemerov.«

»Gehen Sie, gehen Sie, trödeln Sie nicht hier herum«, drängte Anderson. Unnötigerweise, denn sie war bereits gegangen und hatte die Lampe mitgenommen. Die Dunkelheit begann ihn wie eine dicke Wolldecke einzuhüllen.

Wenn es ein Junge ist, dachte Anderson, kann ich glücklich sterben.

Es war ein Junge.

Anderson versuchte noch etwas zu sagen. Neil konnte nicht verstehen, was es war. Er bückte sich und hielt sein Ohr näher an die trockenen Lippen des Alten. Er wollte nicht glauben, daß sein Vater starb. Sein Vater! Er mochte nicht darüber nachdenken.

Der alte Mann murmelte etwas. »Versuch lauter zu reden!« brüllte Neil ihm ins Ohr. Dann wandte er sich an die anderen, die im Dunkeln herumstanden: »Wo ist die Laterne? Wo ist Alice? Sie sollte hier sein! Was steht ihr herum?«

»Alice ist bei dem Baby«, flüsterte Blossom. »Sie sagte, es würde nur noch eine Minute dauern.«

Dann sprach Anderson wieder, gerade so laut, daß Neil ihn hören konnte, aber keiner der anderen. »Buddy.« Das war alles; er sagte es mehrere Male.

»Was sagt er?« fragte Blossom.

»Er sagt, er will mit mir allein reden. Ihr solltet uns allein lassen, ja? Papa hat was auf dem Herzen, das er mir allein sagen will.«

Neil wartete, bis alle gegangen waren.

»Buddy ist nicht hier«, sagte er schließlich, als er sich vergewissert hatte, daß sie allein waren. »Er ist bei Maryann und dem Baby. Auch Alice ist dort.«

Alles drehte sich nur noch um dieses Baby! Wer kümmerte sich um sein Kind? Gretas Lüge hatte tiefen Eindruck auf ihn gemacht. Er glaubte so naiv und bedingungslos daran, wie Maryann an Christi jungfräuliche Geburt glaubte. Neil hatte die Fähigkeit, unbequeme Tatsachen und logische Erwägungen wie Spinnweben beiseite zu fegen. Er hatte beschlossen, daß sein Sohn ebenfalls Neil heißen sollte.

»Dann hol Orville, hörst du?« wisperte Anderson ärgerlich. »Und bring die anderen zurück. Ich habe etwas zu sagen.«

»Du kannst es doch mir sagen, oder? Was willst du sagen, Dad?«

»Hol Orville, sagte ich!« Der alte Mann begann zu husten.

»Okay, okay!« Neil entfernte sich ein kleines Stück von der Aushöhlung in der Frucht, in der sein Vater lag, zählte bis hundert und kehrte zurück. »Hier ist er, Dad«.

Anderson fand es nicht außergewöhnlich, daß Orville ihn nicht begrüßte. Alle waren in den letzten Tagen in seiner Gegenwart stumm, stumm in der Gegenwart des Todes. »Ich hätte dies schon eher sagen sollen, Jeremiah«, sagte er hastig. Er hatte Angst, daß seine Kräfte ihn verlassen könnten, bevor er alles gesagt hatte. »Ich habe zu lange gezögert. Obwohl ich weiß, daß Sie es erwartet hatten. Ich konnte es Ihren Augen ansehen. Also gab es keine Notwendigkeit ...« Er brach ab und hustete. »Hier ...« Er gestikulierte matt. »Nehmen Sie meine Pistole. Es ist nur eine Kugel übrig, aber die Leute betrachten die Waffe als eine Art Symbol. Es kann nicht schaden, ihnen das zu lassen. Es gab so viele Dinge, die ich Ihnen sagen wollte, aber wir hatten keine Zeit.«

Neil hatte sich während seines Vaters Abschiedsrede mehr und mehr erregt und nun konnte er sich nicht mehr beherrschen: »Wovon redest du überhaupt, Dad?«

Anderson schmunzelte. »Er versteht noch nicht. Wollen Sie es ihm sagen, oder soll ich es tun?«

»Orville?« fragte Anderson mißtrauisch.

»Was willst du mir sagen, Dad? Was verstehe ich nicht?«

»Daß Jeremiah Orville von nun an die Führung übernimmt. Also bring ihn her!«

»Dad, das kann doch nicht dein Ernst sein.« Neil begann nervös an seiner Unterlippe zu nagen. »Er ist kein Anderson. Er ist nicht mal aus dem Dorf. Hör zu, Dad. Ich werde dir was sagen – ich werde die Führung übernehmen. Ich werde die Sache besser machen als er. Gib mir eine Chance. Das ist alles, was ich will. Bloß eine Chance.«

Anderson antwortete nicht.

Neil fing wieder von vorn an, diesmal in einem eindringlicheren Ton. »Dad, du mußt das verstehen – Orville ist keiner von uns!«

»Er wird es früh genug sein, du kleiner Bastard. Nun bring ihn schon her!«

»Was meinst du damit?«

»Ich meine, daß ich ihn mit deiner Schwester verheiraten werde. Nun hör auf mit deiner Quatscherei und bring ihn her! Und auch deine Schwester. Bring alle her!«

»Das kann nicht dein Ernst sein, Dad!«

Es war unmöglich, daß Orville Blossom heiratete. Blossom war erst zwölf Jahre alt! Und sie war seine Schwester! Verstand er das nicht? Und wer war dieser Orville überhaupt? Er war ein Niemand. Sie hätten ihn schon lange umbringen sollen, zusammen mit den anderen Marodeuren. Hatte Neil es nicht damals schon gesagt? Neil würde ihn töten, Anderson brauchte es bloß zu sagen.

Gleichgültig, welche Argumente Neil vorbrachte, der Alte lag einfach da und schwieg. War er tot? Nein, er atmete noch. Was sollte er tun?

Seine scharfen Ohren hörten, daß die anderen zurückkamen. »Laßt uns in Ruhe!« brüllte er ihnen zu. Sie zogen sich wieder zurück.

»Wir müssen das in Ruhe durchsprechen, du und ich, Dad«, bat Neil.

Anderson lag da und schwieg.

Mit Tränen in den Augen nahm Neil die Nase des Alten zwischen Daumen und Zeigefinger und preßte die andere Hand fest auf den faltigen Mund. Anderson suchte sich dem Griff zu entwinden, aber er war zu schwach, um ernsthaft Widerstand zu leisten. Als die Bewegungen erschlafften, ließ Neil ihn los.

Der alte Mann atmete nicht mehr.

Dann nahm Neil ihm die Pistole ab und steckte sie in den Hosenbund.

Kurz darauf kam Alice mit der Laterne und befühlte das Handgelenk des Toten. »Wann ist er gestorben?« fragte sie.

»Vor ein paar Minuten«, antwortete Neil. Es war schwierig, ihn zu verstehen. Er weinte. »Und er bat mich – er sagte mir, ich sollte seinen Platz einnehmen. Und er gab mir seine Pistole.«

Alice sah Neil mißtrauisch an. Dann beugte sie sich über das Gesicht des Toten und studierte es aufmerksam im Licht der Laterne. Seine Nasenflügel zeigten Druckstellen, und die Unterlippe blutete. Neben ihr beugte sich Neil über den Toten. Er konnte nicht verstehen, wo das Blut herkam.

»Sie haben ihn ermordet.«

Neil traute seinen Ohren nicht. Sie hatte ihn einen Mörder genannt!

Er schlug Alice mit dem Kolben der Pistole über den Kopf. Dann wischte er das Blut von den Lippen seines Vaters.

Mehr Leute kamen. Er erklärte ihnen, daß sein Vater tot sei und daß er, Neil Anderson, seines Vaters Platz einnehmen werde. Er erklärte auch, daß Alice Nemerov seinen Vater habe sterben lassen, obwohl sie ihn hätte retten können. All ihr Geschwafel, sie habe sich um das Baby kümmern müssen, sei nichts anderes als eine faule Ausrede gewesen. Sie verdiene es, als ein abschreckendes Beispiel exekutiert zu werden. Er befahl, die Bewußtlose zu fesseln und zu knebeln.

Sie gehorchten ihm. Sie waren es gewohnt, Anderson zu gehorchen, und sie hatten seit langer Zeit erwartet, daß Neil in seine Fußstapfen treten würde; seit Jahren hatten sie es erwartet. Natürlich glaubten sie nicht, daß Alice in irgendeiner Weise am Tod des Alten schuldig war, aber vieles von dem, was Anderson ihnen gesagt hatte, hatten sie auch nicht geglaubt, was sie nicht daran gehindert hatte, ihm trotzdem zu gehorchen. Vielleicht hätte Buddy seinem Bruder widersprochen, aber er war bei Maryann und seinem neugeborenen Sohn. Und sie wagten das Baby nicht in die Nähe seines Großvaters zu bringen, weil sie eine Infektion befürchteten.

Neil fuchtelte mit der Pistole herum. Sie wußten alle, daß nur noch eine Kugel im Magazin war, aber keiner wollte der erste sein, der Streit anfing.

Als Alice gefesselt und geknebelt war, fragte Neil, wo Orville sei. Wie sich herausstellte, hatte niemand ihn in letzter Zeit gesehen.

»Sucht ihn und bringt ihn her! Sofort! Blossom! Wo ist Blossom? Vor einer Minute sah ich sie hier.« Aber auch Blossom war nirgends zu finden.

»Sie ist verschwunden!« rief Neil, und plötzlich verstand er. »Sie hat sich in den Wurzeln verlaufen. Wir werden einen Suchtrupp bilden. Aber zuerst müssen wir Orville finden.«

Neil bückte sich und packte Alice bei den Schultern. Ein anderer nahm sie bei den Füßen. Sie trugen sie zur nächsten Hauptwurzel, wo ein vertikaler Schacht abzweigte. Dort warfen sie Alice kurzerhand in die Tiefe.

Nun konnte er sich Orville vornehmen. In der Pistole seines Vaters steckte noch eine Kugel. Sie war für Orville bestimmt.

Aber vorher mußte er Blossom finden. Als sie gehört hatte, daß ihr Vater tot war, mußte sie davongerannt sein.

Zuerst würden sie Blossom suchen, dann Orville. Er hoffte, daß sie nicht beisammen waren. Sonst würde seine Rache schrecklich sein.

12

Du solltest dich lieber verstecken, dachte Blossom und machte sich verstohlen davon. Einmal, als sie sieben gewesen war, waren ihre Eltern übers Wochenende nach Duluth gefahren, hatten das Baby, Jimmy Lee, mitgenommen und sie allein in dem großen zweistöckigen Haus am Rande von Tassel zurückgelassen. Es war der achtzehnte Hochzeitstag ihrer Eltern gewesen. Buddy und Neil, beide große Jungen, waren fortgegangen — einer zum Tanzen, der andere zu einem Baseballspiel. Eine Zeitlang hatte sie vor dem Fernseher gesessen, dann hatte sie mit ihren Puppen gespielt. Im Haus war es sehr dunkel geworden, aber ihr Vater hatte die Gewohnheit, niemals mehr als eine Lampe einzuschalten, um keinen Strom zu verschwenden.

Es machte ihr nichts aus, ein bißchen Angst zu haben, im Gegenteil. Sie schaltete alle Lichter aus und stellte sich vor, ein Ungeheuer versuchte sie in der Dunkelheit zu finden. Es wurde immer unheimlicher. Das Ungeheuer suchte im ganzen Wohnzimmer nach ihr, nur nicht an der Stelle, wo sie war – hinter dem Schaukelstuhl. Als es das Wohnzimmer verlassen hatte, schlich Blossom die Treppe hinauf, ganz nahe an der Wand, damit die Stufen nicht knarrten. Aber eine knarrte trotzdem. Das Ungeheuer hörte es und kam im Galopp die Treppe heraufgestampft. Sie rannte ins nächste Zimmer und schloß die Tür hinter sich. Es war Neils Zimmer und der große Elchkopf mit seinen mächtigen Schaufeln blickte sie von seinem Platz über der Kommode finster an. Sie hatte vor diesem Elchkopf immer Angst gehabt, aber noch mehr fürchtete sie das Ungeheuer, das draußen im Korridor lauerte.

Auf allen vieren kroch sie in Neils Kleiderschrank und versteckte sich zwischen schmutzigen Blue Jeans. Dann wurde die Zimmertür knarrend geöffnet. Es war so dunkel, daß sie ihre Hand nicht vor den Augen sehen konnte, aber sie konnte das Ungeheuer überall herumschnüffeln hören. Es kam an die Tür des Kleiderschranks und hielt inne. Blossoms Herz hörte fast auf zu schlagen, und sie betete zu Gott, daß das Ungeheuer weitergehen möge.

Das Ungeheuer gab ein lautes, schreckliches Geräusch von sich und riß die Schranktür auf, und zum allerersten Mal sah Blossom, wie das Ungeheuer aussah. Sie kreischte und wollte nicht mehr aufhören zu schreien.

Neil kam an jenem Abend als erster nach Hause, und er konnte nicht verstehen, was Blossom in seinem Kleiderschrank tat, seine schmutzigen Blue Jeans über den Kopf gezogen, wimmernd, als ob sie mit dem Rohrstock verprügelt worden wäre und zitternd wie ein Rotkehlchen in einem Schneesturm. Als er sie aufhob, wurde ihr kleiner Körper ganz steif, und sie ließ sich durch nichts davon abbringen, diese Nacht in Neils Bett zu schlafen. Am nächsten Morgen hatte sie Fieber, und die Eltern mußten ihren Stadtaufenthalt abbrechen und nach Hause kommen, um sich um sie zu kümmern. Niemand verstand je, was geschehen war, denn Blossom wagte nicht, ihnen von dem Ungeheuer zu erzählen. Mit der Zeit geriet der Vorfall in Vergessenheit. Als Blossom älter wurde, machten ihre Alpträume allmählich eine Veränderung durch, und das Ungeheuer war schließlich nicht schrecklicher als der staubige Elchkopf über der Kommode.

Als Blossom durch die Wurzel lief und kletterte, immer tiefer absteigend, fühlte sie, wie die alte Angst sie wieder überkam. Die Dunkelheit füllte sich mit Ungeheuern, und Blossom rannte über

Treppen und durch Korridore und suchte einen Schrank, um sich darin zu verstecken.

In den letzten Tagen war Blossom zuviel allein gewesen. Sie hatte gefühlt, daß ihr sterbender Vater etwas auf dem Herzen hatte, daß er es aber nicht über sich brachte, es ihr zu sagen, sie ins Vertrauen zu ziehen. Diese Zurückhaltung demütigte sie. Sie dachte, er wolle nicht, daß sie ihn sterben sehe, und sie hatte sich entschlossen, seine Gegenwart zu meiden. Alice und Maryann, mit denen sie ihre Zeit zu verbringen pflegte, hatten nur das Baby im Kopf. Blossom wollte ihnen helfen, aber sie war zu jung. Sie war in jenem Alter, wo man sich in der Gegenwart von Geburt oder Tod fehl am Platz fühlt. Sie spukte in den Randbereichen dieser großen Ereignisse herum und bemitleidete sich, weil sie von ihnen ausgeschlossen war.

Selbst Orville hatte keine Zeit für Blossom. Er war entweder allein unterwegs oder an Andersons Seite. Wann immer Orvilles und Blossoms Wege sich kreuzten, starrte er sie so durchdringend an, daß sie sich errötend und sogar ein wenig furchtsam abwandte. Sie hatte nicht länger das Gefühl, ihn zu verstehen, und dies verstärkte ihre Liebe zu ihm, machte sie aber auch hoffnungsloser.

Aber nichts von alledem hätte sie zur Flucht veranlaßt. Aber als sie den Ausdruck in Neils Gesicht gesehen hatte, die beinahe somnambule Starrheit seiner Züge, als sie gehört hatte, wie er ihren Namen in einem eigenartigen Tonfall aussprach, da war Blossom in Panik geraten und fortgerannt: fort in die tiefe, schützende Dunkelheit.

Sie rannte blindlings, und so war es unvermeidbar, daß sie früher oder später auf einen der Schächte einer Hauptwurzel stoßen würde. In der absoluten Dunkelheit konnte es passieren, daß man in einen der vertikalen Schächte fiel, selbst wenn man vorsichtig war. Blossom war es nicht, und der Abgrund verschlang sie.

Ihre angezogenen Beine bohrten sich ins weiche Fruchtfleisch, dann fiel ihr Körper vorwärts in die nachgebende Zuckerwatte. Sie sank tief hinein, bis sie unverletzt nur wenige Handbreit neben Alice Nemerov landete. Die alte Frau war noch am Leben.

Jeremiah Orville hatte zu lange gewartet. Er hatte sich rächen wollen und statt dessen hatte er Hilfe geleistet. Tag für Tag hatte er Andersons Dahinsiechen beobachtet, seine Agonie, seine Erniedrigung, und er wußte, daß er, Jeremiah Orville, nichts dazu getan hatte. Es waren die Pflanze und eine Verkettung von zufälligen Umständen gewesen, die Anderson zur Strecke gebracht hatten.

Orville hatte nur zugesehen und zu Andersons Gebeten Amen gesagt, hatte sich mit seinen Spitzfindigkeiten und Subtilitäten nur selbst getäuscht. Er war so begierig gewesen, Anderson Leiden und Qualen zuzufügen – und hatte den alten Mann und seinen Stamm in ein Land geführt, in dem Milch und Honig flossen. Und nun lag sein Feind im Sterben, gefällt von einer lächerlichen Verletzung an der Zehe.

Orville saß oft allein in der tiefen Dunkelheit und brütete vor sich hin. Da nahm eine Fantasievorstellung Gestalt an, die mit jedem Tag an Deutlichkeit und Klarheit gewann: Jackie Whythe. Aber eine Jackie, die es nie gegeben hatte: jünger, geschmeidiger, lieblicher.

Mit all ihren vertrauten Listen brachte sie ihn dazu, ihr seine Liebe zu erklären. Er schwor, daß er sie liebe, aber sie war nicht zufrieden, wollte ihm nicht glauben. Wieder und wieder mußte er es ihr beteuern. Sie erinnerte ihn an die Nächte, die sie miteinander verbracht hatten, und an die Schrecken ihres Todes. Immer wieder fragte sie: »Liebst du mich?«

»Ja, ich liebe dich«, antwortete er. »Ich liebe dich. Wie kannst du daran zweifeln?« Er verlangte nach ihr, hungerte danach, sie wieder zu besitzen. Er sehnte sich nach einem Kuß, nach einer Berührung, und sei es nur der ihres Atems, doch dies alles blieb ihm verwehrt.

»Ich bin tot«, erinnerte sie ihn, »und du hast mich nicht gerächt.«

»Wen willst du haben?« fragte er und ergriff die Axt.

»Nenn mir den Namen und mit dieser Axt hier werde ich ...«

»Blossom«, flüsterte das Phantom. »Du hast mich wegen dieses Kindes verlassen. Wegen ihr bist du mir untreu geworden.«

»Nein! Es war nur, um sie zu täuschen. Alles geschah nur dir zuliebe.«

»Dann verrate sie jetzt. Verrate sie, und ich werde zu dir zurückkehren.«

Im selben Augenblick wurde Orville inne, daß er sich laut mit Gespenstern unterhielt, daß dies möglicherweise der Anfang des Wahnsinns war. Aber es kümmerte ihn nicht. Wenn Jackie auch nicht wirklich gewesen war, sie hatte recht.

Er machte sich auf die Suche nach seinem Opfer. Er fand Blossom am Rand einer Gruppe, die sich um den Leichnam ihres Vaters versammelt hatte. Alice Nemerov lag gefesselt neben dem Toten, und Neil Anderson war auch da, schwenkte die Pistole und führte wilde Reden. Orville schenkte alledem keine Beachtung. Dann rannte Blossom plötzlich wie ein gejagtes Tier in die dunklen Gänge davon, als habe sie seine Absicht begriffen. Er folgte ihr. Diesmal würde er tun, was getan werden mußte.

Indem Blossom die Finger ineinander verschränkte und das Fruchtfleisch zwischen den Handflächen zerquetschte, gelang es ihr, ein paar Wassertropfen herauszupressen. Aber es war so warm in dieser Tiefe — fünfundzwanzig Grad oder mehr — daß sie kaum hoffen konnte, Alice damit wiederzubeleben. Wieder begann sie die dünnen Hände der alten Frau zu reiben. Mechanisch wiederholte sie immer die gleichen bittenden, tröstenden Worte: »Alice, bitte ... Versuchen Sie aufzuwachen, versuchen Sie es ... Alice, ich bin es, Blossom ... Alice? ... Es ist schon gut jetzt ... Ach, bitte!« Schließlich schien die alte Frau das Bewußtsein wiederzuerlangen, denn sie ächzte.

»Alles in Ordnung? Alice? Fehlt Ihnen was?«

Alice stöhnte, dann begann sie zu sprechen, und ihre Stimme klang unnatürlich laut und seltsam resolut: »Meine Hüfte, ich glaube ... Ja, sie ist gebrochen.«

»Mein Gott! Oh, Alice! Tut es sehr weh?«

»Höllisch weh, mein liebes Kind.«

»Warum haben sie das getan? Hat Neil ...?« Blossom brach ab; sie wagte nicht zu fragen, was Neil getan hatte. Nun, da Alice bei Bewußsein war, kehrten Blossoms eigene Angst und Unruhe zurück. Es war, als hätte sie Alice nur wiederbelebt, um Schutz zu finden und sich von der alten Frau sagen zu lassen, daß das Ungeheuer nicht wirklich war, sondern nur etwas, das sie sich eingebildet hatte.

»Warum er mich hier heruntergeworfen hat? Weil der Bastard deinen Vater ermordet hat, und weil ich es wußte und dumm genug war, es ihm zu sagen. Außerdem hat er mich nie sehr gemocht.«

Blossom wollte ihr nicht glauben. Ihr Bruder hatte Fehler, aber er war kein Mörder.

»Er wollte mich auch ermorden«, sagte Alice Nemerov.

»Aber warum hat er es getan? Warum einen Mann töten, der

im Sterben liegt? Es ergibt keinen Sinn. Er hatte keinen Grund.«

»Es war deinetwegen, Kind.«

Blossom ergriff Alices Hand und drückte sie. »Wie meinen Sie das? Warum meinetwegen?«

»Weil er erfahren haben mußte, daß dein Vater die Absicht hatte, dich mit Jeremiah Orville zu verheiraten.«

»Papa hatte die Absicht – ich verstehe nicht.«

»Er wollte Jeremiah zum neuen Anführer machen, zu seinem Nachfolger. Es war nicht sein Wunsch, aber er sah ein, daß es so würde sein müssen. Der Fehler war, daß er es immer wieder hinausschob, die anderen davon zu unterrichten. Das war meine Schuld. Ich sagte ihm, er solle warten. Ich dachte, so lange er die Verantwortung trägt, würde sie ihn am Leben erhalten. Ich hätte nie gedacht ...«

Alice sprach weiter, aber Blossom hörte nicht mehr zu. Sie begriff jetzt, was ihr Vater ihr hatte sagen wollen und warum er gezögert hatte. Kummer und Scham überfluteten sie. Sie hatte ihn falsch beurteilt; sie hatte ihn all diese Tage gemieden und allein leiden lassen. Und er hatte nur ihr Glück gewollt, das Glück, das sie sich selbst wünschte! Wenn sie ihn nur um Vergebung bitten und ihm danken könnte. Es war, als ob Alice mit diesen wenigen Worten alle Lichter im Haus eingeschaltet und ihrem Vater das Leben wiedergegeben hätte.

Aber Alices nächste Worte machten diese Illusion zunichte. »Du solltest dich vor ihm in acht nehmen«, sagte sie grimmig. »Du darfst ihm nicht vertrauen. Besonders du nicht. Niemals.«

»Oh nein, nein, Sie verstehen nicht. Ich liebe ihn, und ich glaube, er liebt mich auch.«

»Nicht Orville. Natürlich liebt er dich. Neil ist es, vor dem du dich hüten solltest. Er ist verrückt.«

Blossom widersprach ihr nicht. Sie wußte besser als Alice, wie wahr dies war.

»Wenn die anderen erfahren, was er getan hat, wenn ich es ihnen sage ...« Blossom brauchte nicht mehr zu sagen. Wenn die anderen erfuhren, was Neil getan hatte, würden sie ihn töten.

»Darum habe ich es dir gesagt. Damit sie es erfahren.«

»Sie werden es Ihnen selbst sagen, Alice. Wir müssen zurück. Jetzt. Hier – legen Sie mir Ihren Arm um die Schulter.« Alice protestierte, aber das Mädchen ließ sich nicht beirren. Die alte

Frau war nicht allzu schwer. Im Notfall konnte Blossom sie unter den Armen fassen und schleifen.

Kaum hatte sie Alice angehoben, als die alte Frau aufschrie und ihren Arm aus Blossoms Zugriff riß. »Nein! Nein, der Schmerz ... Ich kann nicht.«

»Dann werde ich Hilfe holen.«

»Was für Hilfe? Wessen Hilfe? Einen Arzt? Ich konnte deinem Vater nicht helfen, und er hatte nur eine Infektion; dies ist viel schlimmer ...« Sie stöhnte, dann sagte sie: »Nein, es hat keinen Zweck. Niemand kann mir helfen.«

Blossom nagte an ihrer Unterlippe. Als sie fühlte, daß Alice bereit war, sie anzuhören, sagte sie: »Dann werde ich bei Ihnen bleiben.«

»Und zusehen, wie ich sterbe? Das wird eine Weile dauern, Kind. Wenigstens zwei Tage, und die meiste Zeit werde ich stöhnen und röcheln. Nein, das würde mir kein Trost sein. Es gibt etwas, das du tun kannst. Wenn du stark genug bist.«

»Was immer es ist, ich werde es tun.«

»Du mußt es versprechen.«

Blossom tastete in der Dunkelheit nach Alices Hand und drückte sie. »Du mußt für mich tun, was Neil für deinen Vater getan hat«, sagte Alice.

»Ich soll Sie ermorden? Nein! Das können Sie nicht von mir verlangen!«

»Mein liebes Kind, ich habe es zu meiner Zeit für jeden getan, der mich darum bat. Einige von Ihnen hatten weniger Grund als ich. Eine Luftinjektion, und der Schmerz ist ausgestanden.« Sie ächzte. »Blossom, ich bitte dich, tue es.«

»Vielleicht kommt jemand. Wir könnten eine Tragbahre machen.«

»Ja, jemand könnte kommen. Neil könnte kommen. Kannst du dir vorstellen, was er tun würde, wenn er mich hier fände, immer noch am Leben?«

»Nein, er würde Sie nicht ...« Aber im selben Augenblick wußte sie, daß er es tun würde.

»Du mußt es tun, mein Kind. Ich erinnere dich an dein Versprechen. Aber gib mir zuerst einen Kuß. Nein, nicht so — auf den Mund.«

Blossoms bebende Lippen berührten den Mund der alten Frau.

»Leb wohl, Kind«, sagte Alice. »Nun tu, was du mir versrochen hast.«

»Ich mag Sie«, sagte Blossom. »Ich mag Sie wie meine Mutter.«

Dann tat sie, was Neil mit seinem Vater getan hatte. Alices Körper bäumte sich instinktiv auf, und Blossom ließ erschrocken los.

»Nein!« keuchte Alice. »Quäl mich nicht – tu es schnell!«

Diesmal ließ Blossom erst los, als die alte Frau tot war.

Die Dunkelheit schien noch zuzunehmen, und Blossom glaubte, sie könne jemanden hören, der am Rankengeflecht des Wurzelinneren zu ihr herabkletterte. Es gab ein lautes klatschendes Geräusch, als jemand in die Frucht heruntersprang. Blossom wußte, wie das Ungeheuer aussehen würde: Es würde wie Neil aussehen. Sie schrie und konnte nicht mehr aufhören zu schreien.

Das Ungeheuer hatte eine Axt.

»Komm bald wieder«, bat sie.

»Ich verspreche es dir.« Buddy beugte sich zu seiner Frau hinab, verfehlte in der Dunkelheit ihre Lippen und küßte statt dessen ihre Nase. Dann berührte er behutsam den winzigen Arm seines Sohns mit einem Finger. »Ich liebe dich«, sagte er. Er hatte das Gefühl, daß sein Leben trotz der schrecklichen Ereignisse der vergangenen Monate und besonders der letzten Stunden wieder Bedeutung hatte, was seit Jahren nicht der Fall gewesen war. Die düstersten Betrachtungen konnten weder seine Hoffnung verringern noch die Flamme seines Glücks auslöschen.

Maryann schien bewußter als er zu sehen, daß ihr Glück sehr zerbrechlich war. »Es ist schrecklich«, murmelte sie.

»Was?« fragte Buddy.

»Alice. Ich kann nicht verstehen, warum er ...«

»Er ist verrückt«, sagte Buddy, widerwillig den Bannkreis seines kleinen Glücks verlassend. »Vielleicht hat sie ihn gereizt. Sie hat – sie hatte eine scharfe Zunge, weißt du. Wenn er zurückkommt, werde ich dafür sorgen, daß etwas geschieht. Nicht abzusehen, was er als nächstes anrichten wird. Orville wird helfen, und es gibt noch ein paar andere, die mir zu verstehen gegeben haben, daß sie lieber mich als Neil an der Spitze sehen würden. Aber einstweilen hat er eine Schußwaffe, und wir haben keine. Und vor allem kommt es jetzt darauf an, Blossom ausfindig zu machen.«

»Natürlich. Das zuerst. Es ist nur alles so schrecklich.«

»Es ist eine schreckliche Sache«, stimmte er zu. Er hörte, daß Neil nach ihm rief. »Ich muß jetzt gehen.«

»Ich wünschte, die Laterne wäre hier, damit ich dich noch mal sehen könnte.«

»Das hört sich ja an, als ob du nicht an meine Rückkehr glaubtest.«

»Nein! Sag das nicht – nicht mal im Scherz. Du wirst zurückkommen. Ich weiß es. Aber, Buddy . . .?«

»Maryann?«

»Sag es noch einmal.«

»Ich liebe dich.«

»Und ich liebe dich.« Als sie ganz sicher war, daß er sich entfernt hatte, fügte sie hinzu: »Ich habe dich immer geliebt.«

Die Mitglieder des Suchtrupps arbeiteten sich an einer dünnen Leine, die Maryann aus den Fasern der rankenartigen Kapillargefäße geflochten hatte, durch das Labyrinth der Hohlwurzeln. Wenn einer sich von der Gruppe trennte, knüpfte er das Ende seiner eigenen Seilrolle an die gemeinsame Orientierungsleine, die zu der ausgehöhlten Knollenfrucht führte, wo Anderson starr und einsam neben der Laterne lag.

Neil und Buddy stiegen entlang der Orientierungsleine am weitesten ab. Als sie zu Ende war, hatten sie gerade eine Kreuzung von Wurzeln erreicht. Buddy knotete ein Ende seines Seils an das Ende der Orientierungsleine und ging nach links. Neil, nachdem er das gleiche getan hatte, ging nach rechts, aber nur ein kurzes Stück. Dann setzte er sich nieder und dachte nach.

Neil traute Buddy nicht, hatte ihm nie getraut. Nun, da ihr Vater tot war, mochte er ihm noch weniger trauen als zuvor. Buddy hielt sich für so schlau, besonders jetzt, seit er diesen Balg hatte. Als ob er der einzige Mann auf der Welt wäre, der je einen Sohn gehabt hatte. Neil konnte ihn auch aus anderen Gründen nicht ausstehen – sein Bewußtsein scheute vor der Beschäftigung mit diesen Dingen zurück. Er ertrug es nicht, sich allzu deutlich vor Augen zu führen, daß der mutmaßliche Neil junior, wenn er überhaupt existierte, höchstwahrscheinlich als ein Resultat anderer als seiner eigenen Bemühungen existierte. Das war ein Gedanke, den er am liebsten verdrängte.

Neil machte sich Sorgen. Bei mehreren der Männer, die an der Suchaktion teilnahmen, fühlte er Widerstand gegen seine Autorität, und am stärksten schien dieser Widerstand in Buddy ausgeprägt. Ein Führer kann es sich nicht leisten, seine Führerschaft in Frage stellen zu lassen. Ihr Vater hatte immer auf diesem Punkt herumgeritten. Buddy schien es nichts auszumachen, daß Anderson ihn, Neil, zu seinem Nachfolger hatte machen wollen. Doch Buddy war immer ein Rebell gewesen, ein Atheist.

Und Atheisten mußten ausgemerzt werden. Atheismus war wie ein Gift; er war wie ... Aber Neil konnte sich nicht erinnern, wie der Rest der Predigt lautete. Es war lange her, daß sein Vater sie gehalten hatte.

Mit dieser Erkenntnis kam Neil eine Idee. Für ihn war sie eine echte Inspiration, eine Enthüllung – beinahe so, als wäre der Geist seines Vaters vom Himmel herabgekommen und habe es ihm ins Ohr geflüstert.

Er würde Buddys Seil zu einem Kreis zusammenbinden! Wenn Buddy zurückkam, würde er dem Seil folgen und im Kreis herumlaufen.

Die Sache hatte allerdings einen Haken, wenn man sorgfältig darüber nachdachte. Ein Teil des Kreises würde hier an dieser Kreuzung sein, und Buddy könnte möglicherweise das Ende der Orientierungsleine entdecken, wo es mit Neils Seil verknotet war.

Aber das ließ sich vermeiden, wenn der Kreis diese Kreuzung nicht berührte!

Neil schmunzelte vor sich hin, als er Buddys Seil aufknotete und seinem Bruder zu folgen begann. Als er annahm, daß er genug Seil mitgenommen hatte, bog er in eine kleinere Zweigwurzel ab und ließ das Seil abrollen. Diese kleine Zweigwurzel hatte eine Querverbindung zu einer weiteren, die nicht viel größer war, und von dieser gelangte Neil zu einer dritten. Das Labyrinth war so dicht und die Verbindungen zwischen den Wurzeln der Pflanzen waren so zahlreich, daß man gewöhnlich zum Ausgangspunkt zurückkam, wenn man nur darauf achtete, daß man die Drehrichtung beibehielt. Und tatsächlich war Neil bald wieder in der größeren Wurzel, wo er Buddys straff gespannte Leine ertastete. Buddy war wahrscheinlich nicht weit entfernt.

Neils Trick klappte vorzüglich. Er knotete das Seilende an Buddys Stück und schloß den Kreis.

Nun, dachte Neil befriedigt, soll er den Rückweg finden. Als Atheist hatte er kein anderes Ende verdient.

Neil begann die Strecke zurückzukriechen, die er gekommen war, wobei er Buddys Seil als Führungsleine benutzte. Er lachte in sich hinein. Erst nach geraumer Zeit bemerkte er, daß irgendein merkwürdiger Schleim an seinen Händen haftete, und an seinen Kleidern ebenfalls.

13

Es gibt Leute, die nicht schreien können, selbst wenn die Gelegenheit zwingend danach verlangt. Jeder Ausbildungsoffizier weiß von Männern zu berichten, guten Soldaten, die, wenn sie vorwärtsrennen müssen, um ihr Bajonett in eine mit Sägemehl gefüllte Feindpuppe zu stoßen, einfach nicht imstande sind, einen echten Kriegsschrei auszustoßen. Es ist indessen nicht so, daß es diesen Männern an den Urgefühlen wie Haß und Blutgier mangelte, sie sind einfach zu zivilisiert geworden, zu beeinflußt von humanistischen oder religiösen Idealen, um eine reine berserkerhafte Wut zu empfinden.

Es gibt noch urtümlichere Emotionen als Haß und Blutgier, aber bei ihnen ist es genauso – sie können erstickt werden, verschüttet von zivilisierten Umgangsformen und sekundären Gefühlsregungen und Ausdrucksweisen. Nur extreme Umstände können sie freisetzen.

Jeremiah Orville war ein sehr zivilisierter Mensch. Die letzten sieben Jahre hatten ihn in vielerlei Hinsicht befreit, aber sie hatten seine Zivilisiertheit nicht ernsthaft gefährdet; dies war erst in letzter Zeit geschehen, als die Ereignisse ihn gedrängt hatten, seine Rache über sein eigenes Glück und seine Sicherheit zu stellen. Es war ein Beginn.

Doch als er neben Blossom stand, ungesehen, die Axt in der Hand, und die herzzerreißenden Schreie hörte, die die Angst ihrer Kehle entriß, überkam ihn ein anderer Urtrieb, und er ließ die Waffe fallen, sank auf die Knie und begann ihren jungen Körper zu küssen.

»Blossom!« flüsterte er. »Oh, Blossom, Blossom!«

»Jeremiah! Du! Mein Gott, ich dachte, er sei es!«

»Wie hätte ich sie lieben können, wenn die ganze Zeit... oh, vergib mir! Kannst du mir jemals vergeben?«

Sie verstand nicht. »Dir vergeben?« Sie lachte und weinte, ohne mehr verstehen zu wollen als die Tatsache, daß sie sich liebten.

Nach einiger Zeit begannen sich ganz unvermeidlich mehr verstandesmäßige Erwägungen in ihre Romanze zu drängen und störten die vollkommene Einsamkeit ihrer Liebe wie Steine, die in einen stillen Teich geworfen werden. »Die anderen werden nach mir suchen«, sagte sie schließlich.

»Ja, ich weiß.«

»Dann weißt du auch, daß Papa dies wollte. Er hatte vor, es zu sagen, wenn ...«

»Ja, ich weiß.«

»Und Neil ...«

»Ich weiß auch das. Aber du brauchst dir seinetwegen keine Gedanken zu machen.« Er küßte sie. »Laß uns jetzt nicht davon sprechen. Später werden wir tun, was wir tun müssen.«

Sie stieß Orville von sich. »Nein, Jeremiah. Hör zu! Laß uns fortgehen. Irgendwohin. Fort von ihnen und all ihrem Haß und ihrer Eifersucht. Irgendwohin, wo sie uns niemals finden werden. Wir können wie Adam und Eva ganz von vorn beginnen. Wir haben die ganze Welt für ...« Sie verstummte, denn sie begriff, daß es wirklich die ganze Welt war. Sie streckte ihre Hand aus, um Orville an sich zu ziehen – und um die Welt für eine kleine Weile aus dem Bewußtsein zu verbannen –, aber statt Orville berührte ihre Hand Alices bereits erkalteten Körper.

Eine Stimme rief ihren Namen. »Noch nicht«, flüsterte sie. »Es darf noch nicht zu Ende sein.«

»Es wird nicht enden«, versprach er, als er ihr auf die Beine half. »Wir haben unser ganzes Leben vor uns.«

Sie lachte. Dann rief sie laut, damit alle Welt es hören sollte: »Wir sind hier unten. Geht fort, wer ihr auch seid. Wir werden unseren Weg hinauf selbst finden.«

Aber Buddy hatte sie bereits gefunden. Er kletterte aus einer Zweigwurzel in den Knollen. »Blossom, wer ist bei dir?« fragte er. »Orville, sind Sie es? Wissen Sie nicht, daß mein Vater tot ist? Ein höchst unpassender Zeitpunkt für eine Entführung!«

»Nein, Buddy, du verstehst nicht. Es ist in Ordnung. Orville und ich ... wir lieben uns.«

»Doch, ich verstehe das recht gut. Er und ich werden noch darüber reden – unter vier Augen. Ich hoffe nur, daß ich hierhergekommen bin, bevor er deine Liebe auf die Probe stellen konnte. Um Himmelswillen, Orville — dieses Mädchen ist gerade vierzehn! Sie könnte Ihre Tochter sein. Ja, sie ist jung genug, Ihre Enkelin zu sein.«

»Buddy!« protestierte Blossom. »Es ist das, was Vater für uns wollte. Er sagte es zu Alice, und dann ...«

Buddy, der sich in ihre Richtung tastete, stolperte über den Leichnam der Krankenschwester. »Was zum Teufel ist das?«

»Es ist Alice. Wenn du nur auf mich hören würdest ...« Blossom brach in Tränen aus.

»Setzen Sie sich«, sagte Orville, »und seien Sie einen Moment lang still. Sie haben voreilig falsche Schlüsse gezogen, und es gibt eine Menge Dinge, von denen Sie nichts wissen. Nein — reden Sie nicht, Mann, hören Sie zu!«

Buddy hörte zu, und Orville setzte ihm die Situation auseinander, wie er sie sah. »Die Frage ist also nicht, was in Neils Fall getan werden sollte, sondern wer es tun soll«, schloß er. »Ich glaube nicht, daß es mir zukommt, diese Verantwortung zu tragen, und auch Sie sollten sie nicht allein übernehmen. Mir persönlich hat Ihres Vaters selbstherrliche Art, in einer Person Gesetzgeber, Richter und Vollstrecker zu sein, nie gefallen. Es ist eine Ehre, als sein Nachfolger nominiert zu werden, aber eine Ehre, auf die ich lieber verzichten würde. Dies ist eine Frage, die von der ganzen Gemeinschaft geregelt werden sollte.«

»Einverstanden. Wenn ich täte, was getan werden muß, würden sie sagen, ich hätte es aus persönlichen Gründen getan, und das würde einfach nicht wahr sein. Ich will nichts, was er hat. Nicht mehr. Tatsächlich habe ich jetzt keinen anderen Wunsch, als zurückzugehen und Maryann und meinen Sohn wiederzusehen.«

»Dann wird es das Beste sein, die anderen zu suchen. Blossom und ich können abseits bleiben, bis die Angelegenheit geregelt ist. Neil darf einen Tag lang König spielen, aber irgendwann wird er schlafen müssen, und dann haben wir Zeit genug, ihn abzusetzen.«

»Einverstanden. Dann gehen wir jetzt — aber nicht mein Seil entlang. Das könnte uns leicht zu Neil führen. Wenn wir das Rankengeflecht der Wurzel hinaufklettern, durch das Sie heruntergekommen sind, wird keine Gefahr bestehen, daß wir seinen Weg kreuzen.«

»Wenn Blossom glaubt, daß sie es schaffen kann, soll es mir recht sein.«

Obwohl Buddy mit allem übereinstimmte, was Orville zu seiner und Blossoms Verteidigung gesagt hatte – daß die Zeiten sich geändert und sie Andersons posthumen Segen für ihre Verbindung hätten –, trotz all dieser einleuchtenden Gründe konnte Buddy nicht umhin, eine gewisse Abneigung gegen das Arrangement zu empfinden. Sie ist immer noch ein Kind, sagte er sich, und zu jung für eine Ehe. Doch sah er ein, daß er keine Macht über sie hatte, und so schluckte er sein Mißbehagen hinunter.

Das Erklettern der vertikalen Wurzel erwies sich als unerwartet schwierig. Das Rankengeflecht der Innenwandung, an dem sie hinaufkletterten, war mit einem dünnen, schleimigen Film überzogen; die Hände konnten nicht fest genug zugreifen, um ein Abrutschen zu verhindern. Sichere Griffe und Tritte boten nur die Gabelungen der Adern oder Ranken, und solche Gabelungen waren nicht immer in Reichweite. Immer wieder mußten sie queren und an einer anderen Stelle weiterklettern. Ebenso frustrierend war, daß ihre bloßen Füße ständig aus den schleimig-glatten Gabelungen rutschten. Es war wie der Versuch, eine in Schmierseife getauchte Strickleiter zu erklettern.

»Ich weiß nicht, wo dieser Sirup herkommt, aber er scheint immer mehr zu werden«, sagte Buddy nach einer Weile. »Je höher wir kommen, desto wahrscheinlicher brechen wir uns den Hals, wenn wir abstürzen. Ich bin dafür, daß wir umkehren, und meinem Seil folgen. Es ist nicht unbedingt gesagt, daß wir Neil treffen, und wenn wir ihn treffen, brauchen wir nicht zu sagen, daß wir irgendwas wissen, das ihn stören könnte. Ich würde lieber fünf oder zehn Minuten mit ihm riskieren als weitere hundert Meter in diesem glitschigen Kamin.«

Dies schien ein vernünftiger Vorschlag zu sein, und sie kehrten um. Als sie wenig später Buddys Seil durch eine ansteigende Zweigwurzel folgten, bemerkten sie, daß das Rankengeflecht unter ihren bloßen Füßen auch hier schleimig und schlüpfrig war. Als Orville einen Finger durch das Geflecht steckte, entdeckte er, daß ein kleines Rinnsal von dem schleimigen Zeug langsam die Wurzel hinabfloß.

»Was könnte das sein?« fragte Buddy. »Seit wir hier sind, hat es das noch nicht gegeben.«

»Ich glaube, der Frühling ist endlich gekommen«, erwiderte Orville.

»Und das ist der Saft – natürlich! Genauso fühlte er sich an, wenn wir ihn abzapften! Und der Geruch – und ob ich diesen Geruch kenne!«

»Frühling!« sagte Blossom. »Wir können an die Oberfläche zurückkehren!«

Mehr als zweihundert Meter über ihnen wärmte sich das erwachende Land im strahlenden Licht der Sonne, die die Tag-und-Nacht-Gleiche überschritten hatte. Noch bevor auf den Nordseiten der Hügel die letzten Schneeflecken geschmolzen waren, entrollten die mächtigen Pflanzen ihre Blätter, um das Licht zu empfangen.

Abgesehen von den knisternden und knackenden Geräuschen der sich entrollenden Riesenblätter war es ein stummer Frühling. Es gab keine Vögel, die ihn mit Gesang hätten begrüßen können. Von den Wurzeln her begann der Saft durch Myriaden von Kapillargefäßen aufzusteigen. Wo diese Kapillargefäße von den Menschen verletzt oder zerstört worden waren, sickerte der Saft heraus und breitete sich über das Geflecht der Kapillargefäße aus. Als mehr und mehr Saft durch die Arterien der erwachenden Pflanze rann, bildete der dünne Saft kleine Rinnsale, die mit anderen verschmolzen und zu kleinen Bächen wurden, und diese zähflüssigen Bäche überfluteten bald die untersten Regionen der Wurzeln. Wenn sie in Höhlungen flossen, in denen die Kapillargefäße noch intakt waren, wurde der Saft von neuem aufgesaugt, aber an anderen Stellen stieg der Flüssigkeitsspiegel höher und höher und füllte die Hohlwurzeln wie ein Dauerregen die Kanalisation.

Die Knollenfrüchte veränderten sich. Die lockere Zuckerwatte in ihren Kernen verdickte sich zur Konsistenz von geschlagenem Eiweiß.

In beiden Hemisphären näherte sich die Pflanze dem Ende einer langen Reifezeit, und nun sanken aus dem Frühlingshimmel mattschimmernde Kugeln auf die grüne Erde nieder, so groß, daß jede bei der Landung mehrere der Pflanzen unter ihrer enormen Masse zerdrückte. Und bald sah die Landschaft aus wie ein mit grauen Fußbällen übersätes Kleefeld.

Diese grauen Bälle lagen ein paar Stunden lang reglos in der Sonne, dann entsandten sie aus Öffnungen an der Unterseite Hunderte von beweglichen Fühlern. Jeder der Fühler bewegte sich zu einer Pflanze und begann sich durch den holzigen Stengel abwärts in die Hohlwurzel zu bohren. Sowie eine zufriedenstellend große Öffnung hergestellt war, wurde der Fühler in den grauen Ball zurückgezogen.

Die Ernte wurde vorbereitet.

Neil war dreimal an dem Seil, das er zu Buddys Irreführung zusammengeknotet hatte, im Kreis herumgegangen, und begann dumpf zu ahnen, daß er sich in seiner eigenen Falle gefangen hatte, obwohl ihm noch nicht klar war, wie das hatte geschehen können. Dann hörte er Buddy durch die Wurzel zurückkommen. Blossom und Orville waren bei ihm, und alle lachten! Er mußte sich verstecken, aber es gab kein Versteck. Also machte er sich bemerkbar.

Sie hörten auf zu lachen. »Was machst du hier?« fragte Buddy.

»Nun, du siehst, äh ... Dieses Seil hier, es geht ... Nein, das ...« Je mehr er redete, desto verwirrter wurde er und desto ungeduldiger wurde Buddy.

»Na, mach dir nichts draus. Komm mit. Ich habe Blossom gefunden. Und auch Orville. Laß uns jetzt die anderen zusammenholen. Es ist Frühling. Hast du den Schleim nicht bemerkt, dieses Zeug überall? He — was ist denn das hier?« Er hatte die Stelle gefunden, wo das Ende seines eigenen Seils an das Mittelstück geknotet war. »Dies ist bestimmt nicht die Kreuzung, an der wir uns trennten. Ich würde mich daran erinnern, wenn ich durch eine so kleine Wurzel gekommen wäre.«

Neil wußte nicht, was er tun sollte. Am liebsten hätte er Orville erschossen, ihm einfach das Gehirn rausgeblasen, und Buddy eine über den Schädel gezogen, aber er fühlte, daß dies tunlichst nicht in Blossoms Gegenwart geschehen sollte, weil sie es nicht verstehen würde. Außerdem wollte er sicher nach Hause kommen.

Buddy, Orville und Blossom flüsterten miteinander. Dann sagte Buddy: »Neil, hast du ...«

»Nein! Ich weiß nicht, wie das passieren konnte. Ich kann nichts dafür!«

»Mensch, bist du ein Trottel!« Buddy begann zu lachen. »Du hast meine Führungsleine zu einem Kreis zusammengebunden, nicht?«

»Nein, Buddy, ehrlich! Wie ich sagte, ich weiß nicht, wie ...«

»Und du brachtest deine eigene Leine nicht mit, und konntest so den Rückweg nicht mehr finden. Mensch, Neil, wie machst du es bloß? Wie kriegst du das immer hin?«

Orville und Blossom stimmten in Buddys Gelächter ein. Das Gelächter ging zwar auf seine Kosten, aber das machte nichts, und er begann mit den anderen zu lachen. Wie es schien, dachten Buddy und Orville nicht daran, großen Stunk zu machen, was Neil ein wenig überraschte.

»Nun, dann werden wir unseren Rückweg suchen müssen, so gut wir können«, sagte Orville seufzend. »Neil, möchten Sie vorangehen und uns führen?«

»Nein«, sagte Neil verdrießlich. »Nein, ich werde am Schluß gehen.«

Eine Stunde später waren sie in eine Sackgasse gelaufen und wußten, daß sie sich gründlich verirrt hatten. Es war nicht länger möglich, die wie Zuckerwatte aussehenden feinen Kapillargefäße der Wurzelhohlräume mit einer Armbewegung aus dem Weg zu räumen. Sie waren vom Saft angeschwollen und elastisch. Bisher unbegangene Hohlwurzeln waren ihnen dadurch versperrt; sie waren gezwungen, im Bereich der gebahnten Pfade zu bleiben. Dank Andersons Forschungen gab es ziemlich viele davon. Zu viele.

Orville faßte die Situation zusammen. »Es heißt zurück in den Keller, meine Lieben. Wir werden einen anderen Aufzug nehmen müssen, um ins Parterre zu kommen.«

»Was war das eben?« fragte Neil.

»Ich sagte ...«

»Ich hörte, was Sie sagten! Und ich will nicht, daß Sie dieses Wort noch mal gebrauchen, verstanden? Vergessen Sie nicht, wer hier der Anführer ist!«

»Was für ein Wort, Neil?« fragte Blossom.

»Meine Lieben!« schrie Neil zornig. Neil hatte immer schreien können, wenn er gefühlt hatte, daß die Situation es verlangte. Das Instinkthafte lag bei ihm dicht unter der Oberfläche des Bewußtseins. Und es schien zu wachsen.

14

Die seit Monaten absolute Stille des Wurzelbereichs wurde vom Tröpfeln des Safts gestört. Es war ein Geräusch, das an das Tröpfeln und Glucksen der Schneeschmelze im Vorfrühling erinnerte.

Sie sprachen nicht, während sie ausruhten, denn schon die unschuldigsten und unverfänglichsten Feststellungen konnten Neil in einen Zustand hysterischer Raserei versetzen. Natürlich waren sie zu klug, um Anderson oder Alice zu erwähnen, aber warum mußte Neil, als Buddy seine Sorgen um Frau und Kind äußerte, ihm vorhalten, daß er selbstsüchtig sei und an nichts anderes als ans Bumsen denke? Als Orville über ihre mißliche Lage sprach und über die Chancen spekulierte, die Oberfläche zu erreichen, dachte Neil sofort, sie machten ihm versteckte Vorwürfe. Stillschweigen schien also die beste Politik, doch konnte Neil auch das nicht ertragen. Dauerte das Schweigen länger als einige Minuten, fing er an zu klagen: »Wenn wir nur die Laterne mitgenommen hätten! Dann würden wir jetzt keine Scherereien haben.« Oder er erinnerte sich an eins von seines Vaters Lieblingsthemen: »Warum muß ich das Denken für alle besorgen? Warum ausgerechnet ich?«

Im Labyrinth gab es keine Himmelsrichtungen, sondern nur ein Oben und ein Unten. Es gab keine meßbaren Entfernungen, nur ungefähre Schätzungen von Temperatur und Tiefe und ihr einziger Maßstab für die verstrichene Zeit war die biologische Uhr in ihren Körpern, die ihnen die Ruhepausen vorschrieb.

Sie wußten nicht, ob sie sich an der Peripherie oder nahe dem Herzen des Labyrinths befanden. Sie konnten durch bereits geöffnete Kanäle bis auf fünfzig oder sechzig Meter an die Oberfläche herankommen, um sich dann in einer Sackgasse zu finden. Es war nutzlos, einfach einem Weg nach oben zu folgen, es mußte *der* Weg sein. Sie waren von Schweiß und dem überall rieselnden, tröpfelnden Saft durchnäßt, der in den weniger steilen Zweigwurzeln bis zu fünfzehn Zentimeter hoch stand. Nach stundenlangem Klettern gelangten sie in eine Höhe, wo die Hitze nicht so überwältigend war (die unteren Tiefen waren wie eine Sauna), und wo die Luft etwas frischer zu sein schien. Orville schätzte die Temperatur auf etwa zwanzig Grad, was bedeutete, daß sie noch weit unter der Oberfläche sein mußten, obwohl die wärmere Außentemperatur einen Unsicherheitsfaktor in seiner Rechnung darstellte. Auf einer bekannten Route hätten sie die Distanz in zwei oder drei Stunden überwinden können. Jetzt mochte es Tage erfordern.

Orville hatte gehofft, daß der Saftfluß nachlassen würde, wenn sie die höheren Ebenen erreichten; stattdessen verschlechterten sich die Bedingungen. Woher kam all das Zeug? Die Logistik der Wasserversorgung dieser Pflanzen war etwas, über das er noch nie nachgedacht hatte. Und jetzt konnte er sich nicht damit abgeben.

Vielleicht irrten sie schon seit zwölf Stunden in dem unterirdischen

Labyrinth umher, vielleicht waren es schon weit mehr als zwölf Stunden. Sie hatten einige Male gegessen und gerastet, aber sie hatten nicht geschlafen. Seit der Zeit vor Andersons Tod und Maryanns Niederkunft hatte keiner von ihnen geschlafen. Nun mußte es längst wieder Nacht sein. Die Müdigkeit lähmte ihre Gedanken; die Notwendigkeit zu schlafen wurde unabweisbar.

»Es ist eine absolute Notwendigkeit«, wiederholte Orville.

Neil erhob Einwände. Er wollte nur eine Ruhepause zulassen. Er befürchtete, daß sie, wenn er zuerst einschliefe, ihm die Waffe nehmen würden. Er traute ihnen nicht. Aber wenn er einfach dasaß und sich entspannte ... hundemüde, wie er war ...

Er schlief tatsächlich als erster ein, und sie nahmen ihm die Pistole nicht ab. Sie war ihnen gleichgültig. Sie wollten seine Waffe nicht; sie wollten nur schlafen.

Am nächsten Tag schmerzten ihre Hände und Füße vom Klettern, aber die Klebrigkeit ihrer Kleider und Haare war am schwersten zu ertragen. Die Bekleidung klebte ihnen am Körper oder hing schwer und steif, Häuten gleich, an ihnen. »Wir würden schneller vorankommen«, sagte Orville, »wenn wir nicht mit diesen schweren Klamotten belastet wären.«

Etwas später, da es den Anschein hatte, daß Neil von selbst nicht auf die Idee kommen würde, fügte Buddy hinzu: »Wenn wir unsere Mäntel und Jacken mit den Ärmeln zusammenknoten und sie als Seil verwenden würden, könnten wir auch schneller klettern.«

»Nein!« erwiderte Neil scharf. Es hatte keinen Sinn, mit ihm zu argumentieren, wenn er sich entschlossen hatte. Er war ihr Anführer.

Als sie das nächstemal anhielten, um auszuruhen und zu essen, regnete der Saft in dicken, fadenziehenden Tropfen auf sie herab. Sie standen bis zu den Knöcheln in der träge fließenden Schmiere, die sich in der fast waagerecht verlaufenden Zweigwurzel angesammelt hatte. Sobald ihre Kleider zu trocknen begannen, wurden sie steif und hafteten wie Leim. Sie konnten sich nur frei bewegen, wenn sie ständig durchnäßt waren.

Blossom begann zu weinen. »Ich halte es nicht mehr aus«, schluchzte sie. »Ich kann einfach nicht mehr.«

»Nun, nicht gleich aufgeben, Blossom. Kopf hoch! Andere Leute haben Schlimmeres durchgemacht.«

»Was kannst du nicht aushalten?« fragte Neil.

»Die Kleider sind so schwer«, sagte sie.

»Ja, ich glaube, du hast recht«, sagte Neil, der sich in seinen Kleidern nicht wohler fühlte als die anderen. »Es kann nicht schaden, wenn wir unsere Jacken ausziehen. Gebt die Sachen mir und ich werde die Ärmel zusammenknoten.«

»Gute Idee!« sagte Orville. Sie entledigten sich ihrer Oberbekleidung und gaben sie Neil.

»Blossom!« sagte er. »Du warst nicht gemeint. Es schickt sich nicht.«

Sie sagte nichts. Nach einer Weile stieß Neil ein Geräusch aus, das er für ein Kichern hielt. »Nun, wenn du es so willst«, sagte er.

Das Zeug ergoß sich aus der kleinen Öffnung über ihnen wie aus einem gebrochenen Wasserrohr. Man konnte es auch nicht Saft nennen. Er war eher wie Wasser. Für eine Weile waren sie froh, weil die Dusche sie reinigte. Aber sie war kalt, eiskalt.

Die Wurzeln, durch die sie aufgestiegen waren, wurden weiter anstatt enger. Wenn sie jetzt vorankommen wollten, mußten sie auf allen Vieren kriechen, und sogar dabei stießen sie mit Kopf und Schultern an die Decke, wenn sie nicht achtgaben. Das Wasser reichte ihnen bis zum Ellbogen.

»Ich glaube«, sagte Orville vorsichtig, »daß wir unter dem See hochkommen. Soviel Wasser kann nicht vom Frühlingstauwetter stammen.« Er wartete auf Neils Widerspruch, dann, als dieser ausblieb, fuhr er noch vorsichtiger fort: »Ich denke, wir werden den Weg zurückgehen müssen, den wir gekommen sind. Hoffen wir, daß wir beim nächstenmal mehr Glück haben werden.«

Neil hatte deshalb nicht protestiert, weil er nichts gehört hatte. Orvilles Stimme war von dem Rauschen des Wassers übertönt worden, das Tausende von durstigen Riesenpflanzen aus dem Seeboden saugten. Als sie sich zu einem ruhigeren Ort zurückgezogen hatten, erläuterte Orville seine Theorie noch einmal. Dann versuchte Blossom ihr Glück.

»Sieh mal, Neil, es ist ganz einfach — der einzige Weg, der vom See wegführt, ist der Weg abwärts. Denn wenn wir versuchen, uns auf dieser Ebene weiterzubewegen, kann es leicht passieren, daß wir nach Osten statt nach Westen gehen — also noch weiter in den See hinein, statt von ihm fort. Wenn wir die Laterne hätten, könnten wir deinen Kompaß gebrauchen, aber wir haben kein Licht. Wir müssen wieder hinunter. Verstehst du?«

Orville nahm die Gelegenheit wahr Buddy zuzuflüstern: »Was zum Teufel – wenn er nicht mit uns gehen will, soll er eben hierbleiben. Wenn er ersäuft, ist er selber schuld.«

»Nein«, sagte Buddy, »das wäre nicht recht. Niemand soll mir vorwerfen, ich hätte jemanden im Stich gelassen.«

»Okay, ich werde gehen«, sagte Neil zu Blossom, »aber ich finde, es ist großer Quatsch. Ich bin nur deinetwegen einverstanden. Vergiß das nicht.«

Abwärts: Der Strom begann sich zu erwärmen und wurde dickflüssiger. Er strömte unaufhaltsam abwärts und nahm sie mit, und sie brauchten nichts zu tun, als die gleitende Fahrt mit den Händen an den Innenwänden der Wurzel abzubremsen. Innerhalb von Minuten legten sie so eine Strecke zurück, für die sie im Aufstieg Stunden gebraucht hatten. Ihre ganze Aufmerksamkeit galt der Gefahr, daß die Strömung abwärts in eine Sackgasse führen könnte. Mehr als einmal wurden sie in Geflechte saftgeschwollener Kapillargefäße geschwemmt, die unerforschte Passagen füllten. Einmal geriet Orville in ein solches Geflecht, wo die Wurzel sich gabelte. Buddy und Blossom, die als nächste folgten, fanden ihn dort eingeklemmt, die Beine in der Strömung. Er war mit dem Kopf gegen das harte Holz der Wurzelgabelung geknallt, hatte das Bewußtsein verloren und lief Gefahr zu ertrinken.

Sie zerrten an seinem Hosenbein, und seine Hose rutschte von den abgemagerten Hüften. Darauf nahm jeder von ihnen einen Fuß und so zogen sie ihn heraus. Ein kurzes Stück weiter fanden sie eine Stelle, die halbwegs trocken war. Buddy legte Orville über die angezogenen Knie und begann seinen Brustkorb rhythmisch zusammenzudrücken, um das Wasser aus den Lungen zu pressen. Dann versuchte Blossom es mit Mund-zu-Mund-Beatmung, die sie einst in einem Schwimmkurs gelernt hatte.

»Was tust du da?« fragte Neil. Unvertraute Geräusche machten ihn nervös.

»Sie versucht es mit künstlicher Beatmung«, antwortete Buddy gereizt. »Er ist beinahe ertrunken.«

Neil tastete nach Orville, um sich zu vergewissern. Plötzlich packte er Blossom an den Haaren und riß ihren Kopf zurück. »Du küßt ihn!«

»Neil!« kreischte Blossom. Sie versuchte sich loszureißen, aber nicht einmal die Verzweiflung verlieh ihr hinreichende Kräfte. »Du wirst ihn töten!«

Buddy schlug in die Richtung, in der er Neil vermutete, aber seine Faust streifte Orvilles Schulter. Neil begann Orville fortzuschleppen. In dem Moment kam dieser zu sich, und als er sich zu regen begann, ließ Neil erschrocken los. Er hatte Orville für tot oder für fast tot gehalten.

Buddy verwickelte Neil in eine lange Debatte. Die Diskussion war hauptsächlich ein Vorwand, um Orville Gelegenheit zu geben, wieder zu Kräften zu kommen. »Willst du zurück an die Oberfläche«, fragte Buddy, »oder willst du hier unten bleiben und allmählich ersaufen?«

»Nein!« sagte Neil. »Es ist nicht recht. Nein!«

»Du mußt wählen. Wofür entscheidest du dich?« Buddy war erfreut über die Entdeckung, daß er auf Neils Ängsten wie auf einer Harmonika spielen konnte. »Denn wenn wir hinauf wollen, werden wir zusammen gehen müssen, und wir werden ein Seil brauchen.«

»Wir hatten eins.«

»Und du hast es verloren, Neil. Unsere Jacken und Mäntel sind wer weiß wo, durch deine Schuld!«

»Ich habe sie nicht verloren. Das ist nicht wahr. Ich...«

»Du warst der letzte, der sie hatte, und nun sind die Sachen weg. Wir brauchen ein neues Seil. Natürlich, wenn dir nichts daran liegt, wieder nach oben zu kommen... Oder wenn du denkst, du könntest es allein besser schaffen...«

Nach einigem Zögern stimmte Neil zu. »Aber Blossom wird er nicht anrühren, verstanden? Sie ist meine Schwester, und ich werde es nicht dulden. Hast du kapiert?«

»Neil, du brauchst dir deswegen keine Sorgen zu machen«, beruhigte ihn Buddy. »Niemand wird ihr ein Haar krümmen.«

»Und sie sollten auch nicht miteinander reden. Dieses ständige Geflüster zwischen den beiden kann ich nicht ausstehen, es geht mir auf die Nerven. Blossom, du gehst von jetzt an vor mir, und Buddy hinter mir. Orville macht den Schlußmann.«

Neil, bis auf sein zerrissenes Hemd und den Gürtel mit der Pistole nackt, knotete die Hosenbeine zu einer Ersatzleine zusammen, und sie machten sich auf den Weg. Allmählich ließ die Strömung nach und sie bewegten sich langsamer.

Sie fanden eine große Verbindungswurzel, die schräg aufwärts führte, und aus der nur wenig Flüssigkeit kam. Müde, mit mechanischen Bewegungen, begannen sie wieder zu steigen.

Nach etwa einer halben Stunde gelangten sie auf diesem Weg in einen Fruchtknollen, wo sie eine Pause zum Rasten und Essen einlegten. Orville versuchte die erschöpfte und verzweifelte Blossom zu beruhigen, aber Neil befahl ihm, den Mund zu halten. Das Fruchtfleisch, das nun schwammig und halb flüssig war, fiel ihnen wie der Kot riesiger Vögel auf Köpfe und Schultern.

Neil, hin und her gerissen zwischen seinem Verlangen, sich in einen Winkel zurückzuziehen und auszuruhen, und einem ebenso starken Instinkt, der ihm sagte, er müsse auf der Hut sein und seine Schwester beschützen, entschied sich schließlich fürs Ausruhen und legte sich nieder. Er wollte nicht schlafen, nur seinen Körper entspannen.

Sein Kopf kam auf dem Stiel der Axt zu liegen, die Jeremiah dort hatte fallen lassen. Er stieß einen leisen Schrei aus, den aber niemand bemerkte.

15

Buddy berührte ihren Leichnam. Zuerst dachte er, es sei sein toter Vater, und dann erinnerte er sich, wie er schon einmal über denselben kalten Körper gestolpert war, und eine jähe Freude verdrängte den Schrecken: Es gab einen Weg zurück! Dies war der Ariadnefaden, der aus dem Labyrinth herausführte. Er kehrte zu Orville und Blossom zurück.

»Schläft Neil?« fragte er.

»Entweder er schläft oder er ist tot«, sagte Orville.

Buddy berichtete ihnen von seiner Entdeckung. »... und das bedeutet natürlich, daß wir den Weg zurückgehen können, den wir zuerst einschlagen wollten. Die Hauptwurzel hinauf. Es war ein Fehler, daß wir umkehrten.«

»Nun, da sind wir wieder, nachdem wir tagelang im Kreis herumliefen. Der einzige Unterschied ist«, bemerkte Orville, »daß wir jetzt Neil bei uns haben. Vielleicht täten wir gut daran, diesen Unterschied zu ignorieren und ihn zurückzulassen. Wir könnten sofort aufbrechen.«

»Ich dachte, wir wären übereingekommen, die anderen entscheiden zu lassen, was mit Neil geschehen soll.«

»Wir werden ihn nicht beseitigen. Wir würden ihn an fast genau der Stelle zurücklassen, wo wir ihn fanden – gefangen in der Falle, die er Ihnen zugedacht hatte. Außerdem können wir Alices Leiche zurücklassen, und wenn er auf sie stößt, kann er sich selbst ausrechnen, daß der nächste Weg den Schacht hinaufführt, in den er sie geworfen hat.«

»Nicht Neil. Er würde es mit der Angst kriegen, wenn er ihren Leichnam fände. Und was das Ausrechnen seines Rückwegs betrifft, so könnten Sie genausogut von ihm erwarten, daß er den Pythagoreischen Lehrsatz entdeckt. Zum Teufel, ich wette, wenn Sie versuchten, ihm das zu erklären, würde er es nicht glauben.«

Blossom, die ihnen zugehört hatte, begann zu frösteln, als die Spannung, die ihren Körper so lange beansprucht hatte, auf einmal nachließ. Sie tastete nach Orville und schloß ihn in die Arme. »Wir werden es schaffen!« sagte sie. »Oh, bin ich froh, Liebster!«

Neils rauhe Stimme krächzte aus der Dunkelheit: »Jetzt reicht's mir!«

Als sie Neil heranstampfen hörte, krallte sie ihre Finger in Orvilles Arme und drängte sich an ihn, als er sich ihr zu entziehen suchte. Plötzlich verschloß eine harte Hand ihr den Mund, eine andere packte sie an der Schulter und riß sie grob nach hinten.

»Ich nehme an, ihr seid immer noch bei der künstlichen Beatmung, was?« höhnte Neil.

»Ich habe ihn geküßt«, erwiderte Blossom stolz. »Wir lieben uns.«

»Bist du verrückt?« brüllte Neil. »Ich verbiete dir, ihn zu küssen! Ich verbiete dir, ihn zu lieben! Ist das klar?«

»Neil, laß mich los!«

Aber seine Hände packten nur noch fester zu.

»Jeremiah Orville! Das werden Sie mir büßen! Das werden Sie teuer bezahlen. Ja, ich habe schon lange ein Auge auf Sie. Sie haben viele Leute getäuscht, aber mich konnten Sie nicht täuschen. Ich wußte, worauf Sie aus waren. Ich sah die schmutzigen Blicke, mit denen Sie Blossom verfolgten. Nun, Sie werden sie nicht kriegen. Sie kriegen eine Kugel in den Kopf.«

»Neil, laß mich los! Du tust mir weh!«

»Neil«, sagte Buddy leise und besänftigend. »Sie ist deine Schwester. Du redest, als ob er dir dein Mädchen ausgespannt hätte.

Blossom ist deine Schwester!«

»Ist sie nicht.«

»Was zum Teufel willst du damit sagen?«

»Ich meine, es ist mir egal!«

»Schwein!«

»Orville, waren Sie das? Warum kommen Sie nicht her, Orville? Haben Sie Angst? Ich werde Blossom nicht loslassen! Sie werden kommen und sie retten müssen. Orville?«

Er riß Blossoms Arme auf den Rücken und umfaßte die dünnen Handgelenke mit seiner Linken, zog die Pistole aus dem Gürtel und hielt sie einen Moment liebevoll in der Hand, bevor er sie in die Dunkelheit richtete. »Kommen Sie her, Orville, und holen Sie sich, was ich für Sie habe.«

»Seien Sie vorsichtig«, sagte Buddy. »Er hat Vaters Pistole.«

Buddys Stimme kam von weiter rechts, als Neil vermutet hatte. Er verlagerte sein Gewicht, war aber nicht wirklich besorgt, denn er hatte eine Schußwaffe und sie hatten nichts.

»Ich weiß«, sagte Orville.

Ein wenig weiter links also. Der Raum im Innern dieses Knollens war ungefähr oval, zu schmal, als daß sie ihn hätten unbemerkt umgehen können.

»Ich hab auch was für dich, Buddy, wenn du denkst, du solltest eingreifen, wenn deinem sauberen Kumpel hier das Gehirn rausgeblasen wird. Ich hab auch noch 'ne Axt.« Er stieß ein rauhes Lachen aus. »Könnte vielleicht nicht schaden, wenn ich eure Gehirne ein bißchen durcheinandermischen würde. Könnte direkt was Gescheites dabei rauskommen.«

»Deine Witze stinken, Neil.«

»Halt dich da raus, Buddy. Hörst du? Das ist eine Angelegenheit zwischen mir und Orville, Buddy. Halt du dich da raus, oder ich werde dir die Rübe abhacken. Ist das klar?«

»Und mit was? Mit deinen großen Vorderzähnen?«

»Buddy«, sagte Orville, »es könnte sein, daß er die Axt hat. Ich hatte sie bei mir, als ich hierherkam.« Glücklicherweise dachte niemand daran, ihn nach dem Warum zu fragen.

»Neil, laß mich endlich los!« schrie Blossom wütend.

»Nein, du verstehst nicht, Blossom. Du bist noch nicht in Sicherheit.« Er beugte sich über sie, bis seine Lippen ihre Schulter berührten. Dort ruhten sie einen Moment, als wüßte er nicht, was er tun sollte. »Wenn du sicher bist, laß ich dich gehen, das ist ein

Versprechen«, fuhr er fort. »Aber erst müssen wir dafür sorgen, daß du in Sicherheit bist.«

Buddy und Orville schienen nicht mehr näher zu kommen. Bis auf das gelegentliche Platschen herunterfallender Stücke vom reifen Fruchtfleisch war es still. Neils Blut wurde von der freudigen Erregtheit durchbrandet, die aus dem Bewußtsein erwächst, in anderen Angst auszulösen. Sie haben Schiß! sagte er sich. Schiß vor meiner Kanone! Das Gewicht der Pistole in seiner Hand, der Griff seiner Finger, von denen einer am Abzug ruhte, verschafften ihm einen tiefen Genuß.

Sie hatten wirklich Angst vor ihm. Sie hörten sein Schnaufen und Blossoms Wimmern, aber sie hielten sich zurück. Sie waren nicht bereit, ihr Leben in einem verzweifelten Angriff zu riskieren. Es mußte irgendeine Möglichkeit geben, ihn zu überlisten und zu einer Unbesonnenheit zu verleiten.

Vielleicht, überlegte Buddy, würde er irgendeine Dummheit begehen, wenn man ihn genug reizte — etwa seine einzige Kugel auf ein Geräusch in der Dunkelheit verschießen, oder wenigstens seinen Griff um Blossom lockern, damit sie frei käme. »Neil«, flüsterte er, »alle wissen Bescheid. Alice hat allen gesagt, was du getan hast.«

»Alice ist tot«, lachte Neil.

»Ihr Geist«, sagte Buddy. »Ihr Geist ist hier unten und sucht dich. Weil du sie umgebracht hast.«

»Ach, das ist doch dummes Zeug. Laß mich mit dem Scheiß zufrieden. Ich glaube nicht an Gespenster.«

»Und weil du Vater umgebracht hast. Das war ein schreckliches Verbrechen, Neil. Er muß sehr zornig auf dich sein. Auch er ist hinter dir her. Und er wird keine Laterne brauchen, um dich zu finden.«

»Ich hab nichts getan!«

»Vater weiß es besser. Und Alice, nicht wahr? Wir alle wissen Bescheid. Du kannst uns nichts vormachen. Meinst du, ich wüßte nicht, wie du zu der Pistole gekommen bist, Neil? Du hast ihn ermordet, um sie an dich zu bringen. Deinen eigenen Vater ermordet! Was für Gefühle hat man dabei? Erzähl uns, wie es war. Was sagte er als letztes?«

»Ich habe ihn nicht getötet. Warum hätte ich das tun sollen? Er liebte mich mehr als jeden anderen, weil ich derjenige war, der immer zu ihm hielt. Ich rannte nie fort, egal wie gern ich es manchmal getan hätte. Wir waren Kumpel, Dad und ich. Als er starb . . .«

»Als du ihn ermordet hast.«

»... sagte er: ›Nun bist du der Führer, Neil.‹ Und er gab mir seine Pistole. ›Diese Kugel ist für Orville‹, sagte er. ›Ja, Dad‹, sagte ich, ›ich werde alles tun, was du sagst.‹ Wir waren immer Kumpel, Dad und ich. Ich mußte ihm das Sterben erleichtern, das leuchtet dir doch ein, oder? Er hatte solche Schmerzen, daß er nicht mehr klar denken konnte. Er hätte Blossom glatt mit Orville verheiratet. Er sagte es. ›Dad‹, sag ich zu ihm, ›du mußt verstehen – Orville ist keiner von uns!‹ Aber er lag bloß da und brachte kein Wort raus. Er war tot. Außer mir kümmerte sich niemand um ihn. Alle außer mir haßten ihn. Wir waren Kumpel, Dad und ich. Echte Kumpel.«

Orville erkannte, daß Buddys Taktik nicht die gewünschte Wirkung zeigte. Neil war offenbar über den Punkt hinaus, wo er erschüttert werden konnte. Er war wirr im Kopf.

Während Neil sprach, bewegte Orville sich geräuschlos vorwärts, die rechte Hand vorsichtig tastend ausgestreckt. Hätte Neil nicht Blossom festgehalten oder keine Waffe gehabt, wäre es eine einfache Sache gewesen. Wie die Dinge lagen, war es notwendig, ihn entweder zu entwaffnen oder sicherzugehen, daß seine letzte Kugel keinen Schaden anrichten konnte.

Nach Neils Stimme zu urteilen, konnte er nicht weit von ihm entfernt sein. Orville bewegte seine ausgestreckte Hand behutsam hin und her, und schließlich berührten seine Fingerspitzen etwas – nicht Neil, sondern Blossoms Schenkel. Sie verriet ihre Überraschung nicht durch das leiseste Zucken. Nun würde es einfach sein, Neil die Waffe zu entwinden. Orvilles Hand wanderte weiter. Seine Finger berührten einen haarigen Unterarm, und im nächsten Moment stieß die Pistolenmündung gegen Orvilles Stirn. Der Kontakt der Waffe war so vollkommen, daß Orville sogar die Bohrung des Laufs deutlich fühlen konnte.

Neil zog den Abzug durch. Nur ein metallisches Klicken. Er drückte noch einmal ab. Nichts.

Das tagelange Herumkriechen in der Nässe mußte die Patrone unbrauchbar gemacht haben.

Orvilles Faust kam hoch, glitt jedoch wirkungslos ab. Neil wankte zurück, schlug mit der Pistole in die Richtung, in der er Orvilles Kopf vermutete. Der Lauf traf mit voller Wucht auf etwas Hartes. Orville gab ein ächzendes Geräusch von sich, dann folgte ein dumpfer Fall.

Glück gehabt, dachte Neil. Er schlug wieder zu und traf etwas

Weiches. Blossom war ihm entwischt, aber das schien ihm im Moment nicht so wichtig.

Er zog die Axt aus dem Gürtel.

»Bleib wo du bist, Buddy, hörst du? Ich hab immer noch die Axt.« Er trat wütend nach Orville, der bewußtlos oder tot war, und erwartete mit erhobener Axt Buddys Angriff.

Blossom fing an zu kreischen.

»Sei vernünftig!« brüllte Buddy. »Hör auf zu schreien!« Er schüttelte sie, bis sie ruhiger wurde. Dann flüsterte er ihr ins Ohr: »Ich werde ihn von Orville weglocken. Du kletterst unterdessen den Schacht hinauf. Weißt du den Weg?«

»Ja«, schluchzte sie.

»Wirst du das tun?«

»Ja. Aber er darf Jeremiah nicht töten.«

»Geh jetzt!«

Buddy hob Alices bereits in Verwesung übergegangenen Leichnam auf, schleppte ihn ein paar Schritte weit in Neils Richtung und hielt ihn zum Schutz aufrecht vor seine Brust. Neil mußte etwas gehört haben.

»Buddy«, sagte er warnend und hob die Axt. »Verschwinde!«

Buddy stöhnte und röchelte.

»Du kannst mir keine Angst einjagen«, sagte Neil. »Ich hab keine Angst vor der Dunkelheit. Und nicht vor dir. Vor niemand!«

»Es ist Alice«, sagte Buddy ruhig. »Sie kommt dich holen.«

»Laß diesen Quatsch!« sagte Neil mit schriller Stimme. »Was soll der Blödsinn!« schrie er. »Es macht mich nervös!«

Buddy zielte nach der Stimme, hob die Leiche und warf sie mit aller Kraft auf Neil. Er hatte Glück. Die Tote traf Neil voll mit dem Körper. Ihre kalte Hand flog in Neils Gesicht und wischte ihm über die Augen. Er strauchelte und fiel, schwenkte verzweifelt die Axt, ohne das Gleichgewicht wahren zu können. Neil schrie wie ein Wahnsinniger und schlug um sich, von Grauen geschüttelt, hackte wie ein Irrer auf Alices Leichnam ein.

»Blossom?« schluchzte er.

Ich bin hier.

Er wußte, daß sie bei ihm bleiben würde, er hatte es geahnt! »Und die anderen?« fragte er.

Sie sind fort. Sie sagten mir, ich solle auch gehen, aber ich tat es nicht. Ich blieb bei dir.

»Warum bist du geblieben, Blossom?«

Weil ich dich liebe.

»Ich liebe dich auch, Blossom. Hab dich immer geliebt. Schon als kleines Kind.«

Ich weiß. Wir werden miteinander fortgehen. Weit fort, wo niemand uns finden kann. Nur wir beide.

»Ja«, sagte Neil, überwältigt von seiner Vision. »Ja! Ja!«

Seine Hand berührte ihre Hand. Seine Hand zitterte.

Küß mich! befahl sie.

»Ja«, sagte er, und seine Lippen suchten ihren Mund. »Ja.«

Aber er hielt nur ihren Kopf in den Händen, konnte ihren übrigen Körper nicht finden. Und als er ihre Lippen fand, waren sie kalt und schmeckten nach Tod und Verwesung.

16

Diesmal fiel ihnen der Aufstieg leichter. Vielleicht war es nur der Kontrast zwischen dem Gefühl der Sicherheit und der Gegenwart des Todes, die sie die letzten Tage begleitet hatte. Ihr Aufstieg war wie eine Wiederauferstehung.

Nach weniger als zwei Stunden hatten sie die Ebene ihrer Heimatbasis erreicht, und Maryann wartete auf ihn. Die Lampe brannte, und sie konnten sich wieder sehen, und beim Anblick der anderen, blutend, verdreckt und nackt wie sie waren, stiegen ihnen Tränen in die Augen.

»Wollt ihr zur Oberfläche hinauf? Oder wollt ihr ausruhen?«

»Jetzt?« fragte Buddy.

»Ausruhen«, sagte Orville.

»Wie lange sind wir fortgewesen?«

»Drei Tage und drei Nächte. Die anderen sind schon zur Oberfläche hinaufgegangen. Sie wollten nicht warten. Aber ich wußte, daß du zurückkommen würdest. Du hattest es mir versprochen. Weißt du noch?«

»Ja«, sagte er, und küßte ihre Hand.

»Greta ist zurückgekommen«, sagte Maryann. »Sie kam deinetwegen zurück. Sie sagt, sie könne ohne dich nicht leben.«

»Sie bedeutet mir nichts, nichts mehr.«

»Sie hat sich ... verändert. Du wirst sehen. Ich werde dich zu ihr bringen.«

»Das hört sich ja an, als wolltest du mich mit ihr verkuppeln!«

»Du sagst, daß Neil tot ist. Wenn du sie zu deiner zweiten Frau machen willst, werde ich dich nicht daran hindern.«

»Das ist nicht mein Wunsch, verdammt noch mal!«

»Ja«, sagte sie in ihrer Kirchenmausstimme. Dennoch glaubte er so etwas wie unterdrückte Heiterkeit darin auszumachen. »Aber du solltest sie trotzdem sehen. Denn du mußt dir irgend etwas ausdenken, wie wir sie an die Oberfläche bringen können. Mae Stromberg ist auch wieder da, aber sie ist mit den anderen gegangen. Sie ist verrückt geworden. Sie schleppt immer noch ihren Denny mit sich herum – das heißt, was von ihm übrig ist. Greta ist drüben am anderen Ende der Zweigwurzel. Ich werde mit der Laterne hierbleiben. Sie zieht die Dunkelheit vor.«

Buddy begann Lunte zu riechen. Als er durch die Hohlwurzel vordrang, roch er weit Schlimmeres. Es stank wie eine Latrine im Hochsommer. »Greta?« fragte er.

»Buddy, bist du es?« Es war ohne Zweifel ihre Stimme, die ihm antwortete, aber sie hatte sich verändert. »Wie geht es dir, Buddy? Komm nicht näher! Ich ...« Buddy hörte ein schnaufendes, schmatzendes Geräusch. »... hab dich immer noch gern. Vergib mir. Wir können wieder von vorn anfangen, wir beide ...«

»Was ist los mit dir?« fragte er. »Bist du krank?«

»Nein. Ich ... ich bin bloß ständig hungrig. Maryann bringt mir mein Essen hierher, aber sie bringt mir nie genug. Buddy, sie versucht mich auszuhungern!«

»Maryann«, rief Buddy. »Bring die Laterne.«

»Nein, tu's nicht!« rief Greta. »Zuerst mußt du meine Frage beantworten, Buddy. Zwischen uns steht jetzt nichts mehr. Maryann sagte mir, daß sie nichts dagegen hätte ... wir könnten, wenn du willst – nein – geh weg! Das Licht tut meinen Augen weh.« Buddy hörte schwappende Geräusche, wie wenn jemand sich allzu plötzlich in einer vollen Badewanne bewegt, und der Gestank wurde unerträglich.

Maryann reichte ihrem Mann die trüb brennende Laterne, und er hob sie in die Höhe, um ins Innere der Knollenfrucht zu leuchten. Es sah aus wie ein Schweinekoben, dessen Boden unter dem Gewicht von Greta Andersons gewaltiger Masse eingesunken war. Ihr aufgedunsener Körper hatte alle menschlichen Züge eingebüßt: er war eine nahezu formlose Masse aus schlaffem Fett.

»Sie kann nicht mehr gehen«, erläuterte Maryann, »und sie ist zu schwer, als daß man sie heben könnte. Die anderen fanden sie, als sie Blossom suchten, und schleppten sie mit Stricken bis hierher. Ich sagte ihnen, sie sollten sie hierlassen, weil sie jemanden braucht, der für sie sorgt.«

Sie hatten Greta eine weite Strecke befördert und erst haltgemacht, als sie die oberste Knollenfrucht erreicht hatten, in der sie die erste Nacht ihres unterirdischen Winters zugebracht hatten. Die relativ niedrige Temperatur in dieser Höhle bot eine willkommene Erleichterung nach der feuchten Hitze tiefer unten. Gretas Schweigen war ein noch willkommenerer Kontrast. Während der ganzen Dauer des Aufstiegs hatte sie sich beklagt, daß das Geschirr sie erwürge, daß sie in den Ranken hängenbleibe und in Stücke gerissen werde, daß sie hungrig sei. Wann immer sie durch Knollen kamen, stopfte Greta das Fruchtfleisch mit beiden Händen in ihren Mund.

Es wäre ihnen niemals gelungen, sie bis zu dem Punkt zu transportieren, wo sie waren, hätte der die Innenwände der Wurzeln bedeckende Saft nicht ein so ausgezeichnetes Schmiermittel abgegeben. Das Problem bestand jetzt darin, sie die letzten fünfzehn Meter der senkrechten Hauptwurzel hinaufzuhieven. Buddy schlug ein System von Flaschenzügen vor, aber Orville befürchtete, daß die selbstgemachten Stricke Gretas Gewicht nicht würden tragen können. »Und selbst wenn sie halten, wie werden wir sie durch dieses Loch in die Höhle bringen? Im Herbst hatten wir Mühe, Maryann durchzuzwängen.«

»Einer von uns wird zurückgehen und die Axt holen müssen.«

»Jetzt? Nein — nicht, wenn wir dem Sonnenlicht schon so nahe sind. Ich schlage vor, wir lassen sie hier in der Frucht zurück, wo sie genug Nahrung findet, und gehen den Rest des Wegs allein. Später holen wir sie heraus.«

»Buddy, was ist das für ein Geräusch?« fragte Maryann.

Sie lauschten. Ein kratzendes Geräusch, ein hohes Summen, ein feines Vibrieren, das noch in dieser Tiefe spürbar war. Es war nicht so laut wie das Geräusch, das die Metallkugel der Feuerteufel gemacht hatte, als sie versucht hatte, sich in die Höhle zu drängen. Das hohe Summen wurde rasch lauter. Dann folgte ein Gurgeln, als ob über ihnen ein Schwimmbecken entleert würde.

Was immer es war, es kam rasch näher. Das Summen und Kratzen wurde zu einem kreischenden Inferno, und mit jäher Gewalt fegte ein Windstoß durch die Hohlwurzel und warf sie auf die Knie. Fetzen von halbflüssigem Fruchtfleisch lösten sich von Boden und Wänden und fielen von der Decke, um vom Sturmwind mitgenommen zu werden. Bald waren im Laternenlicht nur noch weiße Fetzen zu sehen, die wie ein Schneesturm durch die Röhre wirbelten. Maryann drückte ihr Kind an sich, nachdem es eine Windbö ihr fast aus den Armen gerissen hätte. Von Buddy unterstützt flüchtete sie sich in den Schutz einer kleineren Zweigwurzel, wo sie vor den schlimmsten Wirkungen des Sturmwinds sicher waren.

Es blieb Orville überlassen, Gretas Rettung zu versuchen, aber es war ein hoffnungsloses Unterfangen. Selbst unter gewöhnlichen Umständen war es schwierig, sie über den schlüpfrigen Boden des Fruchtknollens zu zerren; allein und gegen den Sturmwind, konnte er sie keine Handbreit von der Stelle bringen. Im Gegenteil, sie schien sich mit dem Fruchtfleisch, das sie umgab, in den Sog des Strudels zu bewegen. Nach einem dritten ergebnislosen Versuch folgte er Blossoms stummen Aufforderungen, und sie krochen zu Buddy und Maryann in die geschützte Wurzel.

Greta glitt mit dem übrigen Fruchtinhalt schwerfällig vorwärts. Wunderbarerweise brannte die Laterne, die ihr während der Ruheperiode anvertraut worden war, noch immer.

Greta starrte nach oben in den riesigen, pulsierenden Rachen des Strudels. Er war von einem rosigen Orange, und darüber lag ein metallisch funkelndes Gitter. Dieses Gitter schien mit erschrekkender Geschwindigkeit auf sie zuzuwachsen. Dann fühlte Greta, wie sie vom Wirbelsturm aufgehoben wurde, und für einen kurzen Augenblick fühlte sie sich schwerelos und jung, und dann spritzte sie über das Gitter wie ein aus großer Höhe fallender wassergefüllter Plastiksack.

Maryann bekreuzigte sich, und Buddy murmelte etwas.

»Was sagten Sie?« brüllte Orville, denn der Sturm hatte seinen Höhepunkt erreicht, und selbst hier in der Wurzel mußten sie sich an die Ranken klammern, um nicht in den Fruchtknollen gesogen zu werden.

»Ich sagte, wenn wir Pech haben, wird es heute abend Würmer im Apfelmost geben«, brüllte Buddy zurück.

»Was?«

»Würmer!«

Das kratzende Geräusch, das während des Sturms aufgehört hatte, wurde wieder hörbar, und so plötzlich der Wind aufgekommen war, schlief er jetzt ein. Die fünf Überlebenden kehrten zu dem Fruchtknollen zurück. Selbst ohne die Laterne war die Veränderung offensichtlich: der Boden lag mehr als einen Meter tiefer als zuvor, und ihre Stimmen wurden von harten Oberflächen reflektiert. In der Mitte des vergrößerten Raums erstreckte sich eine große Röhre oder Schlauchleitung von der oberen Wurzelöffnung zu der unteren. Das Rohr fühlte sich warm an und war in gleichmäßiger Abwärtsbewegung begriffen.

»Das ist eine Art Staubsauger«, sagte Orville. »Er hat hier alles ausgeräumt. Von dem, was noch da ist, könnte keine Maus satt werden.«

»Die Erntezeit ist gekommen«, sagte Buddy. »Oder dachten Sie, diese Feuerteufel würden all diese Kartoffeln pflanzen und dann verfaulen lassen?«

»Nun, wir sollten an die Oberfläche gehen, um herauszufinden, wie diese merkwürdigen Farmer aussehen.«

Aber sie scheuten sich alle, die Geborgenheit der trockenen Schale des Fruchtknollens zu verlassen. Eine elegische Stimmung hatte sich über sie gesenkt. »Arme Greta«, sagte Blossom.

Sie alle fühlten sich besser, als das einfache Gedenkwort gesagt war. Greta war tot, und mit ihr schien die ganze alte Welt gestorben zu sein. Sie wußten, daß die Welt, zu der sie nun aufsteigen würden, völlig anders sein würde als die, die sie verlassen hatten.

EPILOG

Wie ein Wurm, der sich durch einen Apfel frißt, vermuten mag, daß er der Herr des Apfels sei und der Apfel nur für ihn existiere, während in Wahrheit sein ganzes kümmerliches Wesen vom Apfel eingehüllt und von seinem Gedeihen abhängig ist, waren auch Buddy und Maryann und ihr Kind, waren Blossom und Orville sich nach ihrer langen Wanderung durch das Labyrinth ihrer eigenen rein menschlichen Übel nicht der Gegenwart des größeren Übels bewußt, das außerhalb liegt und Realität genannt wird.

Die grauen Fußbälle, vollgepumpt mit dem Fruchtfleisch der Pflanzenknollen, hatten sich von einer Erde erhoben, die nicht länger grün war. Dann, primitiven Brandrodungsvölkern gleich, verwandelten die Maschinen der Feuerteufel das Land in einen Scheiterhaufen. Die turmhohen Stengel der Riesenpflanzen verbrannten und boten in ihrer Großartigkeit den Anblick einer in Trümmer fallenden Zivilisation. Die wenigen Menschen, die übriggeblieben waren, zogen sich noch einmal in den Schutz der Erde zurück. Als sie wieder hervorgekrochen kamen, begrüßten sie die Ankunft der Nacht, um das Bahrtuch aus Rauch und Asche nicht sehen zu müssen, das über der versengten Erde hing.

Dann erhob sich ein Wind vom See, und das Bahrtuch wurde dünner und zerriß, und über ihm hingen schwere graue Wolken. Der Regen kam mit Blitz und Donner, und das reinigende Wasser wusch die Schmutzkrusten von Monaten von ihren Körpern und versickerte in der schwarzen Erde.

Die Sonne kam und trocknete das Land, und die Überlebenden genossen die dürftige Aprilwärme. Obgleich die Erde schwarz und verbrannt war, war der Himmel blau, und nachts sah man Sterne und sie schienen klarer und näher zu sein als in früherer Zeit. Spät in der Nacht erhob sich eine schmale Mondsichel im Osten. Allmählich überflutete Helligkeit den Himmel, und wieder ging die Sonne auf.

Das alles erschien ihnen sehr schön, denn sie glaubten, daß die natürliche Ordnung der Dinge – das heißt, ihre Ordnung – wiederhergestellt worden sei.

Es wurden Expeditionen hinunter in die Wurzeln durchgeführt, um Reste von Fruchtfleisch zu suchen, die von den Erntemaschinen nicht erfaßt worden waren. Durch sorgfältige Rationierung hofften sie wenigstens den Sommer zu überleben. Darüberhinaus gab es noch Algen im See, und sobald es wärmer wurde, wollten sie den Mississippi entlang in wärmere Gegenden im Süden ziehen. Sie hegten die Hoffnung, daß der Ozean noch immer fruchtbar und reich an Nahrung sein würde.

Der See war tot. An seinen vom Feuer geschwärzten Ufern lagen Massen stinkender Fische. Aber daß der Ozean im gleichen Zustand sein könnte, war undenkbar.

Das Wichtigste aber war, daß die Erde überlebt hatte. Irgendwo in dem warmen Boden mußten Samen keimen, Überlebende wie sie, deren Wachstum die Erde wieder grün machen würde.

Aber diese ihre Hoffnung beruhte auf der Annahme, daß die Zeit der Pflanze abgelaufen sei. Die Kugeln hatten die Früchte eines vergewaltigten Planeten davongetragen, die Feuerteufel hatten das Kartoffelkraut verbrannt, und das Land würde nun aus dem schrecklichen Alptraum erwachen.

Dann bedeckte sich das Land allenthalben mit einem Teppich von frischem Grün. Die Regen, die den Himmel vom Rauch und Ruß reinwuschen, hatten auch die Milliarden von Sporen der zweiten Aussaat getragen. Wie alle Hybriden war die Pflanze steril und konnte sich nicht selbst reproduzieren. Nach jeder Ernte mußte neu ausgesät werden.

Schon nach zwei Tagen standen die Schößlinge der Pflanze knöchelhoch.

Die Überlebenden, die über die Grüne der Ebene verstreut sind, gemahnen an die Gestalten eines Renaissancegemäldes. Die drei Gestalten im Vordergrund stellen eine Art heiliger Familie dar, obwohl sich auf ihren Mienen alles andere als stilles Glück spiegelt. Die sitzende Frau weint bitterlich, und der hinter ihr kniende Mann, der seine Hände auf ihren Schultern ruhen hat, wie um sie zu trösten, kann selbst kaum die Tränen zurückhalten. Ihre Blicke ruhen auf einem abgemagerten Kind in den Armen der Frau, das vergeblich an ihrer vertrockneten Brust saugt.

Mehr im Mittelgrund befindet sich eine weitere Gestalt, für die es keine ikonografische Parallele gibt, es sei denn, der mythenkundige Betrachter wollte darin eine um ihre Kinder trauernde Niobe erkennen. Doch wird Niobe gewöhnlich allein oder mit allen vierzehn Kindern dargestellt. Diese Frau hält indes nur das Skelett eines einziges Kindes in den Armen, das Skelett eines ungefähr zehn Jahre alten Kindes. Die roten Haare der Frau bilden einen bemerkenswerten Kontrast zu dem Grün der eintönigen Landschaft.

Ein gutes Stück weiter im Hintergrund kann man die Gestalten eines Mannes und einer Frau ausmachen, nackt, Hand in Hand, lächelnd. Sicherlich sollen sie Adam und Eva vor dem Sündenfall darstellen, obgleich sie sehr viel abgehärmter als gewöhnlich dargestellt worden sind. Auch passen sie im Hinblick auf das Alter schlecht zueinander. Er ist mindestens vierzig, während sie höchstens fünfzehn sein kann. Sie sprechen miteinander, und scheinen im Aufbruch begriffen zu sein.

Aber diese Gestalten sind überaus klein. Die Landschaft beherrscht das Bild völlig. Sie ist grün und eben, und sie scheint von unendlicher Ausdehnung zu sein. So ungeheuer weit sie ist, die Natur – oder der Künstler – hat wenig Fantasie auf ihre Gestaltung verwendet. Selbst aus der Nähe betrachtet, bietet sie einen höchst monotonen Anblick. Auf jedem Quadratmeter wachsen Hunderte von Keimlingen, jeder genau wie der andere.

Die Natur ist verschwenderisch. Von hundert Keimlingen überlebt bestenfalls ein einziger; von hundert Spezies wiederum überleben nur eine oder zwei.

Nicht jedoch der Mensch.

Des Mondes Schimmer selbst erklärt Er nicht für hell;
die Sterne sind nicht rein in Seinen Augen,
geschweige denn der Mensch, die Made,
der Menschensohn, der Wurm.

Hiob 25:5-6.